해상화열전

해상화열전 4 (큰글씨책)

초판 1쇄 발행 2019년 7월 22일

지은이 한방경
옮긴이 김영옥
펴낸이 강수걸
편집장 권경옥
펴낸곳 산지니
등록 2005년 2월 7일 제 333-3370000251002005000001호
주소 부산광역시 해운대구 수영강변대로 140 BCC 613호
전화 051-504-7070 | 팩스 051-507-7543
홈페이지 www.sanzinibook.com
전자우편 sanzini@sanzinibook.com
블로그 sanzinibook.tistory.com

ISBN 978-89-6545-616-2 04820
978-89-6545-612-4 (세트)

* 책값은 뒤표지에 있습니다.
* 이 도서의 국립중앙도서관 출판예정도서목록(CIP)은 서지정보유통지원시스템 홈페이지(http://seoji.nl.go.kr)와 국가자료공동목록시스템(http://www.nl.go.kr/kolisnet)에서 이용하실 수 있습니다.(CIP제어번호: CIP2019026935)

해상화열전
海上花列傳

4

큰글씨책

한방경 지음 · 김영옥 옮김

산지니

일러두기

1. 이 번역은 한방경(韓邦慶) 저, 『해상화열전(海上花列傳)』[北京: 人民文學出版社, 1999]을 완역한 것이다.
2. 아울러 장아이링(張愛玲) 주역본 『海上花開』, 『海上花落』[哈爾濱: 哈爾濱出版社, 2003], 영어 번역본 Ailing Zhang, Eileen Chang, Eva Hung 역, 『The Sing-Song Girls of Shanghai』[New York: Columbia Univ Press, 2005], 일본어 번역본 太田辰夫 역, 『海上花列傳』[東京: 平凡社, 1969]을 참고하였다.
3. 소설에 등장하는 인명과 지명 등은 모두 한글 한자음을 표기하였다. 다만 해제에서는 1911년 신해혁명을 기준으로 이후 생존 인물은 국립국어원 중국어 표기법에 따랐다.
4. 책의 서두에 한방경의 자서를, 말미에는 후기를 부록으로 붙여 독자들의 이해를 돕고자 했다.
5. 본문 중 각 회마다 사용된 삽화는 장아이링 주역본 『海上花開』, 『海上花落』[北京: 北京出版社, 2010]과 1894년 석인초간 영인본 『海上花列傳』(『古本小說集成』, 上海古籍出版社, 1994)에 실린 공개된 삽화를 다듬어 사용하였다.
6. 책 제목은 『 』, 시는 「 」, 희곡, 노래 제목 등은 〈 〉로 표시하였다.
7. 장아이링 주역본과 영어 번역본에 빠져 있는 시, 문장 등은 저본에 따라 충실히 빠짐없이 번역하였다. 특히 장아이링 주역본, 영어 번역본뿐 아니라 저본에도 빠져 있는 제51회 「예사외편(穢史外編)」은 『해상화열전 하』[湖南: 岳麓出版社, 2005]에 실린 원문에 따라 독자의 이해와 원전의 의미를 살려 모두 번역하였다.
8. 주석은 저본의 주석과 기타 문헌을 참조여 각 회의 말미에 실었다. 장아이링 주역본의 주석은 [장]으로 표기하고 일본어 번역본의 주석은 [일]이라고 표기하였다. 역자 주석은 따로 구별해 밝히지 않았다.
9. 본문에서 처음 나오는 인명, 지명, 특징적 사물에는 한자를 병기하였다. 그리고 시(詩), 사(詞), 곡(曲) 등 문학작품과 성어(成語), 역자 주 내용, 동음이의어 등에도 필요하다고 판단되는 부분에 역시 한자를 병기하였다.

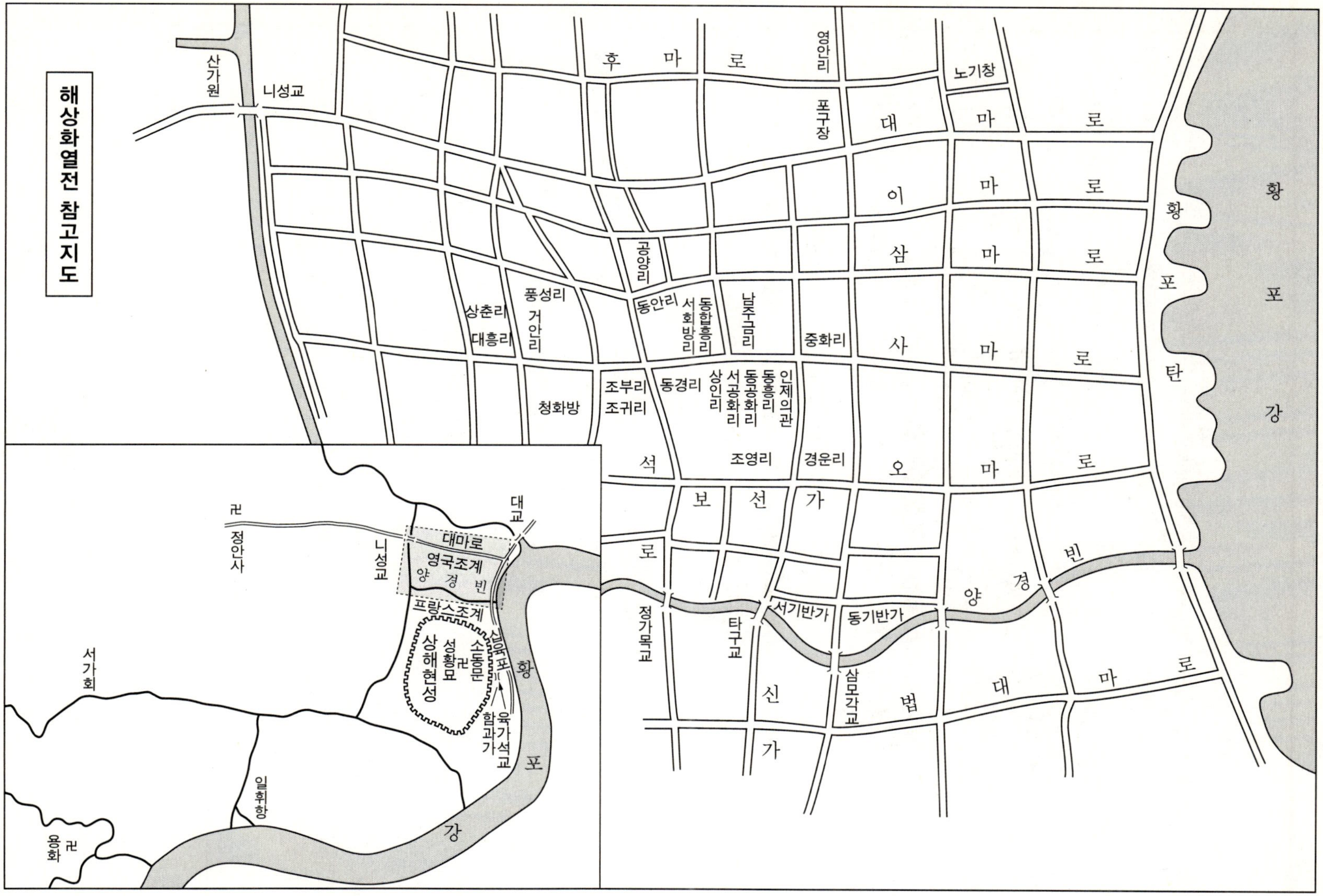
해상화열전 참고지도
산가원
니성교
후 마 로
영안리
노기창
포구장
대 마 로
이 마 로
삼 마 로
사 마 로
오 마 로
공양리
풍성리
상춘리
대흥리
거안리
동안리
서회방리
동합흥리
남주금리
중화리
청화방
조부리
조귀리
동경리
상인리
서공화리
동공화리
동흥리
인제의관
석 보 선 가
조영리
경운리
로
정가목교
타구교
서기반가
동기반가
양 경 빈
삼모각교
신 가
법 대 마 로
황포탄
황 포 강
대교
대마로
영국조계
양 경 빈
프랑스조계
정안사
서가회
상해현성
성황묘
소동문
십육포
함과가
육가석교
일휘항
용화
황 포 강

차례

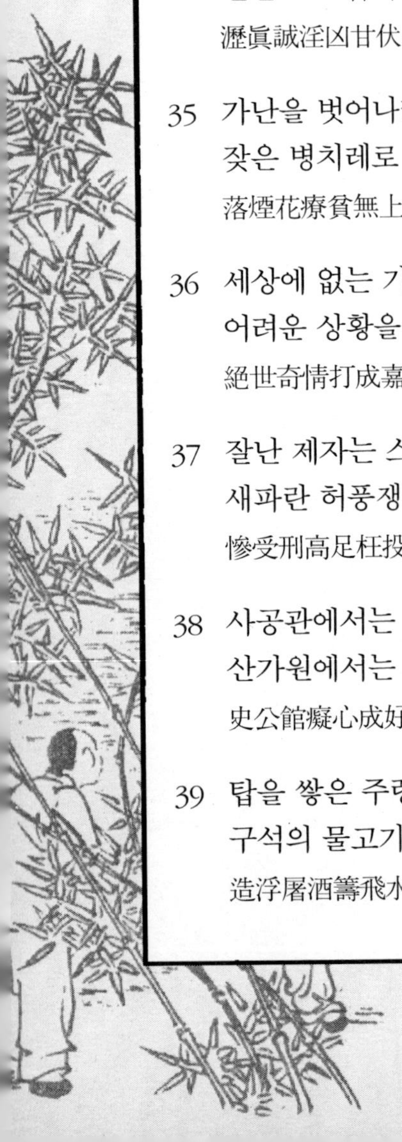

33

고아백은 자신이 쓴 시구를 찢어 바닥에 뿌리고, 왕연생은 술에 취하여 분노가 하늘을 찌른다

高亞白塡詞狂擲地 王蓮生醉酒怒冲天

홍선경은 왕연생과 술을 마시다가 소피를 보러 갔다. 소피를 보고 방문 앞을 지나가려는데, 장혜정이 응접실에서 고갯짓하며 그를 불렀다. 선경은 바로 천천히 걸어 들어갔다. 혜정은 나직한 목소리로 말했다.

"홍 나리, 번거로우시겠지만 그의 말대로 비취 머리장신구 한 벌 사다 주세요. 왕 나리는 심소홍이 막무가내여서 무서워해요! 못 보셨죠, 왕 나리의 팔이며 허벅지며 심소홍 손톱에 긁혀서 온통 핏자국이에요. 비취 머리장신구를 사주지 않으면, 심소홍이 또 그에게 무슨 짓을 할지 몰라요! 그러니 그냥 사다 주세요. 왕 나리는 돈 좀 더 쓰는 거 신경 안 쓰셔요."

선경은 살짝 웃기만 하고 조용히 자리로 돌아가 앉았다. 왕연생은 얼핏 장혜정의 말을 들었지만 모르는 체했다. 왕연생과 홍선경 두 사람은 술 한 병을 비우고 식사를 올리라고 했다. 혜정은 치장을 하고 가장자리에 앉아 시중을 들며 그들과 같이 식사를 했다.

식사를 마치고 선경은 곧바로 시내에 있는 보석점으로 갔다. 연생은 혜정에게 아편에 불을 붙이라고 하고 충분히 취할 정도로 계속해서 열 번을 피웠다. 자명종이 정확하게 다섯 번을 울리자, 선경이 서둘러 돌아왔다. 그는 팔찌와 머리핀을 사백 원 조금 더 주고 사 왔고, 나머지 장신구는 색이 맞지 않아 다음 날 사기로 했다고 말했다. 연생은 아주 만족스러워하며 그의 노고를 반겼다.

홍선경은 영창삼점에 처리해야 할 일이 있어 작별인사를 하고 남쪽으로 돌아갔다. 왕연생도 장혜정에게 작별인사를 하고 가마를 타고 서회방리로 갔다. 그는 직접 심소홍에게 건네주었다. 소홍은 보자마자 물었다.

"홍 나리는요?"

"돌아갔어."

"사러 갔었어요?"

"두 가지는 사 왔어."

그리고 종이상자를 열어서 비취 팔찌와 머리핀을 꺼내 탁자 위에 펼쳐놓았다.

"봐, 팔찌 정말 멋지잖아. 머리핀이 조금 못하지만. 마음에 안 들면 다시 가져가서 다른 걸로 골라도 돼."

심소홍은 전혀 눈길을 주지 않고 담담하게 대답했다.

"다 갖추어진 게 아니군요. 그냥 거기에 놔둬요."

연생은 황급히 그녀의 말대로 싸서 화장대 서랍 안에 넣고 나서 다시 말했다.

"다른 건 마음에 들지 않아 안 샀어. 며칠 후에 내가 가서 직접 고를 거야."

"저한텐 고르고 남은 물건을 줄 텐데, 좋을 리가 있겠어요!"

"누가 고르고 남은 거라는 거야?"

"그러면 왜 먼저 가져가려 한 거죠?"

연생은 속이 타서 보석점의 영수증을 꺼내 소홍의 눈앞에 갖다 댔다.

"봐, 영수증 여기 있잖아."

소홍은 손으로 걷어치우며 말했다.

"보고 싶지 않아요."

연생은 기분이 언짢아져서 물러났다. 마침 아주가 찻잔을 가져오며 깔깔 웃었다.

"왕 나리, 장혜정한테 지나치게 기분을 내시다가 한마디 들으셨나 보죠?"

연생도 하는 수 없이 멋쩍게 웃을 뿐이었다. 날이 저물자 내안이 초대장 한 장을 올렸다. 갈중영이 오설향의 집에서 마련하는 술자리에 초대하는 것이었다. 연생은 소홍의 안색이 좋아 보이지 않아 그 틈에 작별인사를 하고 술자리로 갔다. 소홍은 붙잡지도 배웅하지도 않고 그냥 내버려두었다. 연생은 가마를 타고 동합흥리 오설향의 집으로 갔다. 술자리의 주인 갈중영이 그를 맞이하며 자리로 안내했다. 연생보다 먼저 두 사람이 와 있었으나 모두 모르는 사람들이었다. 서로 인사를 나누고 나서야 한 사람은 고아백이고, 또 한 사람은 윤치원(尹痴鴛)이라는 것을 알게 되었다. 연생은 비록 초면이지만 일찍이 고아백과 윤치원이 강남과 강서의 뛰어난 인물이라는 것을 익히 들었던 터라 공수하고 인사를 올렸다. 이어 남자 하인이 아뢰었다.

"호중천의 손님은 먼저 시작하라고 하셨습니다."

갈중영은 자리를 준비하라고 일렀다. 왕연생이 누구를 초대했냐고 물었다. 갈중영이 화철미(華鐵眉)라고 말했다.

화철미도 왕연생의 집안과 대대로 교분이 있는 사람이었다. 갈중영은 특별히 정성을 다해 그를 초대했는데, 그가 떠들썩한 것을 좋아하지 않기 때문에 세 사람만 불러 시중들게 했다.

조금 뒤, 화철미가 손소란을 데리고 들어왔다. 갈중영은 국표 세 장을 쓰고 나서 그들을 자리로 안내했다. 화철미는 고아백에게 물었다.

"마음에 드는 사람 만났는가?"

아백은 고개를 저었다. 화철미가 말했다.

"자네처럼 다정한 사람이 혼자라는 게 의외네!"

윤치원이 말했다.

"아백의 성격은 내가 잘 알지. 아쉬운 건 내가 기녀가 아니라는 거야. 내가 기녀였다면 아백은 분명 상사병으로 이 상해에서 죽고 말았을 거야!"

고아백이 크게 웃었다.

"자네가 기녀가 아니어도 난 자네를 그리워한다네!"

치원도 자기도 모르게 그만 웃음이 튀어나왔다.

"자네에게 싼값에 팔리고 말았군."

화철미가 말했다.

"사람이 간절히 부부가 되기를 원하면 하늘이 다시 인연이 되게 엮어준다고 했는데, 이 또한 아름다운 이야기 아닌가."

윤치원은 또 고아백에게 말했다.

"자네는 날 싼값에 샀으니 자네에게 벌을 내려야지!"

갈중영은 곧장 소매저에게 계항배를 가져오라고 했다. 윤치원이 말했다.

"잠깐! 아백은 주량이 세기 때문에 벌주를 내린다고 해도 전혀 개의치 않을 거야. 술을 마시게 하지 말고 장선산[1]의 시의(詩意)에 맞게 시 두 수를 짓게 하세. 만약 장선산보다 잘 지으면 용서를 해주고 그렇지 못하면 벌주를 내리는 거야!"

"자네가 나에게 술수를 부릴 줄 알았어! 어쩐지 기루에서 모두 자네를 '죄수'[2]라고 하더라니."

"모두들 들어봐! 내가 그에게 시를 지으라고 했다고 나를 '죄수'라고 욕을 하고 있어. 만약 내가 학정(각 성의 교육행정 장관)이나 주고(향시 시험관)가 되어서 문장을 지으라고 하면, '거북이', '돼지'라고 날 욕하겠어!"

그러자 자리에 있는 모든 사람들이 한바탕 웃었다. 고아백은 직접 계항배에 술을 따르며 말했다.

"그러면 먼저 한 잔 마시고 시상의 배를 채우겠네."

"그것도 괜찮지. 우리도 자네를 따라 마시겠네."

모두 계항배에 술을 마셨다. 윤치원은 필묵과 종이를 가져왔다.

"내가 받아쓸 테니, 읊어봐."

고아백이 말했다.

"장선산의 두 수는 그의 뜻으로 쓴 것이니, 나는 가사를 바꾸어보겠네."

화철미는 고개를 끄덕이며 그렇게 하라고 했다. 그러자 아백이 읊고 치원이 써 내려갔다.

> 샌님들아 그만두게나! 서생의 이 복록은 몇 생을 닦아야 할까나? 잘생긴 남자 모두 싫어하고, 아리따운 소녀를 원한다네. 수토끼 암토끼, 검은 수말 누런 암말, 평상의 모습을 잊고 쾌락을 즐기거늘. 이같이 사랑에 빠지니, 원앙

따위 넘어지는 것에 무엇 하러 마음 쓰겠는가?

"너무 짓궂은데, 벌을 받아야겠어!"

다른 사람들은 이해를 하지 못했다. 아백은 계속 읊고 치원은 써 내려갔다.

그래도 질투가 무서워 창경을 삶아 먹고,[3] 두견새를 눈이 빠지도록 기다리나, 제비가 돌아올 날 아득하다. 꽃을 모아 팔면 구슬이 열 말[4]이니, 은둔자의 아내는 한 번 웃음을 지어 보이네. 두목(杜牧)은 삼생[5] 동안, 위고(韋皋)는 재세[6] 동안 백발이 얼마나 더 늘었을까? 파도가 한 번 밀려오는 사이에 눈썹 그려주는 이[7]가 갑자기 늙어버렸음에 놀라네![8]

고아백이 다 읊고 나서 갑자기 윤치원에게 물었다.

"장선산보다 어때?"

윤치원이 말했다.

"자네 낯짝이 있긴 있는 거야? 정말 장선산과 비교하려고 하나!"

아백은 만족하며 크게 웃었다.

왕연생은 그 사(詞)[9]를 받아 들고 화철미, 갈중영과 함께 읽었다. 윤치원은 술병을 쥐고서 고아백에게 말했다.

"자네가 잘 썼다고 생각하니까 나 역시 개의치 않겠네. 그러나 '눈썹을 그리다'의 '화미(畵眉)' 두 자는 평측이 바뀌었어. 그러니 자네는 벌로 두 잔 마셔야 해!"

"마셔, 마신다구!"

아백은 또 계항배 두 잔을 한번에 다 마셔버렸다.

갈중영은 그 사를 읽고 나서 말했다.

"「백자령(百字令)」[10] 말구의 평측은 엄격하게 지키지 않아도 돼."

"치원이 내게 벌주를 주는데 내가 마시지 않으면 그 마음이 불편하겠지. 평측 때문에 마신 게 아니네."

화철미가 물었다.

"'제비가 돌아올 날 아득하다(燕燕歸來杳)'라는 문장은 어느 전고에서 사용한 건가?"

아백이 잠시 생각하고 나서 말했다.

"바로 소동파의 시 '공자가 돌아오니 제비가 바삐 난다(公子歸來燕燕忙)'에서 끄집어왔네."

철미는 가만히 있는데, 윤치원이 냉소를 지으며 말했다.

"자네 또 속여! 자네가 사용한 전고는 포송령의 '일찍이 알고 있는 듯 제비가 돌아오네(似曾相識燕歸來)'라는 문장이잖아. 우리가 모를까 봐 그래!"

아백이 손뼉을 쳤다.

"치원은 대단해!"

철미가 영문을 몰라 치원에게 물었다.

"난 자네 말을 이해를 못하겠네. '일찍이 알고 있는 듯 제비가 돌아오네'라는 문장은 구양수와 안수의 시사집에 있는데, 포송령과 무슨 관계가 있나?"

"자네가 이 전고를 알려면 이 년 동안 책을 읽어야 하네!"

아백이 철미에게 말했다.

"저 말 믿지 말게! 전고는 무슨!"

치원이 말했다.

"전고가 아니라고 했나. 그러면 '저자의 사람들은 빠른 칼솜씨에 환호하고, 안회는 어떻게 재산을 강탈하였던가(入市人呼好快刀, 回也何曾霸產)'라는 문장은 어떤 전고를 사용한 것인가?"

철미가 말했다.

"내가 오히려 가르침을 받아야겠는걸. 자네 무슨 말을 하고 있나? 난 아예 한 마디도 모르겠네!"

아백이 말했다.

"『요재지이(聊齋志異)』의 「연향(蓮香)」편을 찾아 읽어보게."

치원이 말했다.

"그리고 『요재지이』를 다 읽으면 「이승(里乘)」과 「민소기(閩小紀)」를 읽어보게. 그러면 '빠른 칼솜씨(快刀)'와 '강탈당한 재산(霸產)'을 알 수 있을 거네."

왕연생은 다 읽고 나서 그 사(詞)를 한쪽에 놓고 갈중영에게 말했다.

"내일 신문에 실어도 좋겠는걸!"

중영이 대답을 하려는데 고아백이 다급하게 시구를 가져가서 갈기갈기 찢어 바닥에 뿌렸다.

"말은 고맙지만 싣지 않을 거네! 신문은 봉호 같은 사람이 있잖아. 우리와는 어울리지 않아."

중영은 봉호가 누구냐고 물었다. 아백은 웃기만 할 뿐이었다. 윤치원이 말했다.

"봉호는 먹을 갈게 하는 게 더 좋아!"

이 말에 아백이 말했다.

"나에게 향을 올리고 벼루를 받들어 올리는 것은 아무래도 치원이 자네가 하니까, 봉호에게는 어쩔 수 없이 요강이나 비워 오라고 해야 하겠는걸."

화철미가 웃으며 말했다.

"무슨 괴상한 짓이야! 술이나 마시지!"

일제히 계항배를 들어 제창하고 선을 깔았다.

그때, 기녀들이 모두 왔다. 윤치원이 부른 임소분, 고아백이 부른 이완방은 모두 어린 기녀들이었다. 왕연생은 건너편의 장혜정을 불렀다. 화권을 시작하자, 모두들 다투어 술을 마셨다. 고아백은 윤치원에게 일부러 술을 먹이려고 대신 마시는 것을 허락하지 않았다. 왕연생은 그 뜻을 알아채고 거들었다. 그러나 치원은 눈치가 빠르고 손놀림이 재어 화권 실력 하나

海上花列傳
第三十三回
高亞白填詞
狂擲地

는 최고였다. 그러니 반대로 연생이 먼저 취하고 말았다.

장혜정은 연생이 선을 잡고 나서야 일어났고, 돌아가면서 연생에게 더 이상 술을 마시지 말라고 당부했다. 그러나 화철미는 주량이 거의 고아백과 맞먹어 모든 사람들과 돌아가며 화권을 하고, 기녀들이 전부 돌아간 후에도 다시 '칠치기(拍七)'[11]로 술내기를 하자고 했다. 사람들은 마지못해 그의 뜻에 맞추어주었다. 취한 왕연생은 여러 차례 틀려서 계속 벌주를 마시다가 순간 더 이상 버틸 수 없다는 것을 느끼고 끝나기도 전에 자리에서 일어나 아편침대로 가서 누웠다. 화철미는 이것을 보고 대충 끝을 냈다.

갈중영이 왕연생에게 죽을 먹으라고 하자 연생은 손을 내젓고 꼬챙이를 가져와 아편에 불을 붙이려고 하였다. 그런데 불을 제대로 붙이지 못해 아편액이 소반에 쏟아지고 말았다. 오설향은 그것을 보고 황급히 소매저를 불러 아편을 채우라고 하였다. 연생은 또 필요 없다고 손을 내젓더니 갑자기 일어나 공수하고 작별인사를 하고 먼저 나갔다. 갈중영은 더 이상 붙잡지 않고 문 입구까지 배웅하며 내안에게 조심해서 모시도록 당부했다.

내안은 연생이 가마에 오르자 주렴을 걸고 팔걸이를 내리며 물었다.

"어디로 모실까요?"

"서회방."

내안은 가마를 잡고 서회방리 심소홍의 집으로 갔다. 가마는 응접실 한가운데에서 멈추었다. 연생은 가마에서 내리자마자 곧장 이 층으로 올라갔다. 아주는 뒤쪽 주방에서 황급히 쫓아가며 큰 소리로 불렀다.

"아휴! 왕 나리, 잠시 기다리세요!"

연생은 대답하지 않고 뛰어올라 갔다. 아주는 바짝 따라붙어 쫓아왔다.

"왕 나리, 깜짝 놀랐어요! 안 넘어지신 게 다행이네요!"

연생은 사방을 둘러보아도 심소홍이 보이지 않아 아주에게 물었다.

"아마 아래층에 있을 거예요."

연생은 더 이상 묻지 않았다. 한 번 휘청거리더니 큰 침대 앞 가죽 의자 위로 뻣뻣하게 드러누웠다. 그러고는 장삼도 벗지 않고 아편도 피우지 않고 그대로 몽롱하게 잠들었다. 남자 하인이 물주전자와 수건을 가지고 오자 아주가 나직한 목소리로 불렀다.

"왕 나리, 얼굴 닦으세요."

연생이 대답이 없자 아주는 남자 하인에게 눈짓으로 차만 따르고 나가라고 했다. 그 뒤 아주도 조용히 방을 나와 손가락으로 정자간의 판자벽을 세 번 두드렸다.

"왕 나리께서는 잠드셨어요."

아주의 이 행동은 무슨 일이 있음이 분명한 것이었다. 왕연생은 코를 골고 있었지만 완전히 잠든 것은 아니었다. 아주의 말을 듣고 이상하다고 생각했다. 아주가 아래층으로 내려간 후 연생은 황급히 일어나 조용히 응접실 뒤쪽으로 걸어갔다. 정자간 안에 불빛이 보였다. 손으로 문을 밀어보았다. 그러나 문은 안에서 잠겨 있었다. 주위를 살펴보니 판자벽에 비둘기 알만 한 구멍이 있어 안을 들여다보았다. 정자간에는 탑상이 있는데 휘장이 없어 한눈에 선명하게 들어왔다. 연생은 그 탑상 위에 엉겨 있는 두 사람을 보았다. 한 사람은 분명 심소홍이었고 다른 한 사람 역시 낯익은 얼굴이었다. 자세히 보니, 다름 아닌 대관원 소속의 배우 무소생 소류아였다.

연생은 이번만큼은 평소와 달리 참을 수 없었다. 그는 몸을 홱 돌려 방으로 뛰어들어 갔다. 먼저 침대 앞 화장대를 힘껏 밀쳤다. 화장대가 넘어지자 등, 거울, 자명종, 유리 화병들이 쨍그랑 쨍그랑 소리를 내며 산산조각이 나며 바닥에 흩어졌다. 그러나 서랍 속에 넣어둔 새로 산 비취 팔찌와 머리핀은 떨어지지도 깨지지도 않았다. 아래층에서 아주가 그 소리를 듣고는, 일이 단단히 잘못된 것을 알고 황급히 이 층으로 올라왔다. 여자 하인 아금대와 서너 명의 남자 하인들도 모여들었다. 연생은 또 탑상 위에 놓여 있는 아편 소반을 들어 아편 도구들을 바닥에다 내동댕이쳤다. 마치 콩이 마구 흩뿌려지듯 중앙에 있는 둥근 탁자 위로 물건들이 튕겨나갔다. 아주는 목숨을 걸고 뒤에서 연생을 안았다. 연생은 겁 많고 유약한 사람이지만 지금은 포효하는 범처럼 사나워 누구도 그를 막을 수 없었다. 오히려 아주가 연생에게 걷어차여 넘어졌다. 그러자 아금대도 뒷걸음을 치고 말았다.

연생은 담뱃대를 손에 꽉 쥐고 앞뒤좌우로 방 전체를 휘저었다. 걸려 있던 남포등 두 개를 제외하고 유리등, 유리 벽등, 유리 족자, 유리 옷장, 침대에 상감된 유리 장식 모두 박살이 났다. 비록 남자 하인 서너 명이 있었지만, 멀찍이서 말리기만 할 뿐 적극적으로 나서지는 못했다. 내안과 두 명의 가마꾼도 주렴 밑에서 엿보기만 하고 들어가지 않았다. 아금대는 한쪽에서 우두커니 서서 벌벌 떨고 있었다. 아주도 더 이상 말리지 못하고 조바심만 내며 말했다.

"왕 나리! 그러지 마세요!"

연생은 아랑곳하지 않고 부수고 또 부수었다. 더 이상 부술 게 없어질 무렵 갑자기 어떤 사내가 방으로 들어와 바닥에 무릎을 꿇고 머리를 땅에 찧으며 조아렸다.

"왕 나리, 살려주십시오! 왕 나리, 살려주십시오!"

연생은 이 젊은이가 심소홍의 남동생이라는 것을 알고 있었다. 그가 이렇게까지 하자 연생은 마음이 조금 누그러져 숨을 몰아쉬고 담뱃대를 놓고 사람들 틈을 비집고 밖으로 뛰어나갔다. 내안과 두 명의 가마꾼은 너무 놀라 막지도 못하고 뒤따라 내려왔다. 연생은 가마에 오르지 않고 대문 밖으로 뛰어 나갔다. 내안은 가마꾼들을 신경 쓸 틈도 없이 빠른 걸음으로 그

王蓮生醉酒怒沖天

를 쫓아갔다. 연생이 동합흥리로 들어가자 내안이 다시 돌아와 가마를 들고 갔다.

연생은 장혜정의 집으로 뛰어들어 갔다. 그는 통보도 하지 않고 바로 방으로 뛰어들어 가서 의자에 앉고 숨을 몰아쉬었다. 장혜정은 깜짝 놀라 멍하니 쳐다볼 뿐이었다. 무슨 영문인지 감히 물어볼 엄두도 내지 못했다. 잠시 후 먼저 한마디를 했다.

"술자리는 끝났나요?"

연생은 매서운 눈으로 쏘아보기만 하고 한마디도 대답하지 않았다. 혜정은 살짝 아주머니를 불러 내안한테 가서 물어보라고 하였다. 마침 내안이 가마를 들고 도착하여 몇 마디를 알려주었다. 아주머니는 다시 이 층으로 올라가 혜정의 귀에 대고 속삭였다. 혜정은 그제야 마음을 놓고 연생의 답답한 마음을 풀어주려고 말을 꺼내려고 했지만 어떻게 해야 할지 몰라서 아편을 채워 연생에게 주고 연생의 비단 마고자 단추를 풀어 벗겨주었다.

연생은 연거푸 아편을 열 번 피우는 동안에도 말 한마디 하지 않았다. 혜정도 방해하지 않으려고 조심스럽게 시중을 들었다. 한 시쯤 되어, 혜정이 조용히 물었다.

"죽 드시겠어요?"

연생은 고개를 저었다.

"그러면 잘까요?"

연생은 고개를 끄덕였다. 혜정은 내안에게 돌아가라고 하고 아주머니에게는 침상을 정리하라 했다. 혜정은 직접 연생의 옷과 버선을 벗기고 같이 잠자리에 누웠다. 몽롱한 와중에도 연생은 한숨을 쉬며 이리저리 뒤척였다.

혜정이 잠에서 깨자, 새벽빛이 창문으로 비쳐 들어왔다. 연생은 옆에서 얼굴을 들고 눈을 뜬 채 침대 천정을 멍하니 바라보고 있었다. 혜정은 묻지 않을 수 없었다.

"안 주무셨어요?"

연생은 대답이 없었다. 혜정은 일어나 대충 머리를 매만지고 다시 얼굴을 맞대고 엎드리며 물었다.

"왜 그래요? 화는 건강에 안 좋아요. 굳이 그럴 필요 있나요?"

연생은 이 말을 듣고 갑자기 한 가지 생각이 떠올라 혜정을 밀치고 일어나 앉았다. 그리고 성난 목소리로 물었다.

"내가 물어볼 게 있어. 자네가 나를 위해 복수를 해줄 수 있겠어?"

혜정은 그 의중을 이해하지 못하고 다급해져 얼굴이 붉어졌다.

"무슨 말씀이세요? 제가 대접이 소홀했나요?"

연생은 그녀의 오해에 웃으며 혜정의 목을 끌어안고 누워 소홍의 추태를 천천히 이야기해주었다. 그리고 혜정에게 혼인하겠다는 뜻을 내비치었다. 혜정이 어떻게 마다할 수 있을까,

만 번을 쫓고 천 번을 따를 수 있는 일이 아닌가. 그러니 순식간에 결정이 났다.

두 사람은 일어나 세수를 했다. 연생은 아주머니에게 내안을 불러오라고 했다. 부름을 받고 내안은 곧바로 왔다. 연생이 먼저 물었다.

"무슨 특별한 공무가 있는가?"

"없습니다. 심소홍 남동생이 아주머니와 함께 공관으로 와서 울며불며 머리를 바닥에 찧어가며 나리의 방문을 청하고 있습니다."

연생은 그 말을 끝내기도 전에 크게 소리쳤다.

"누가 네게 그런 소리 하라고 했느냐!"

내안은 '예, 예, 알겠습니다.' 연신 대답을 하고 두 걸음 물러나 섰다. 조금 지나자 연생이 말했다.

"홍 나리를 모시고 오너라."

내안은 명을 받들어 아래층으로 내려가 가마꾼에게 당부하고 갔다. 그는 먼저 심소홍의 집으로 가서 소식을 전해주며 공을 가로채는 것이 상책이라고 생각하고 동합흥리의 북쪽을 경유하여 서회방리 심소홍의 집으로 갔다. 심소홍의 남동생은 아주 기쁘게 그를 맞이하며 뒤쪽 장방으로 안내하고 물담뱃대를 올렸다. 내안은 담배를 피우며 말했다.

"난 다른 생각은 없고 말로만 도와줄 수밖에 없어. 지금 나에게 홍 나리를 모셔오라고 하셨는데 지금 나와 함께 가서 홍 나리께 묘안을 짜달라고 하면 나보다야 훨씬 나을 거야."

심소홍의 남동생은 감격하여 아주에게 그 말을 전하고 세 사람이 동행했다. 먼저 공양리 주쌍주의 집으로 가서 물어보았지만 홍선경은 그곳에 없었다. 다시 골목길을 빠져나와 각각 인력거를 타고 소동문 육가석교까지 갔다. 그런 다음 걸어서 함과가 영창삼점으로 갔다. 점원은 내안을 알아보고 급히 알렸다. 홍선경이 응접실로 나오자 심소홍의 남동생이 먼저 머리를 땅에다 박고 콧물 눈물을 쏟아내며 아뢰었다.

"어제 밤 왕 나리께서 왜 화가 나셨는지 모르겠습니다."

그리고 그날의 상황을 세세히 설명했다. 선경이 그 말을 듣고 십중팔구 눈치를 채고 내안에게 말했다.

"왜 왔느냐?"

"저희 나리께서 장혜정의 집으로 홍 나리를 모셔 오라고 하셨습니다."

선경은 고개를 숙이고 잠시 생각해보더니 내안과 심소홍의 남동생 두 사람은 응접실에서 기다리게 하고 아주만 안으로 불러들여 자세하게 의논했다.

---

1 張船山 : 청대의 걸출한 시인이며 서예와 그림에도 뛰어났다.

2 남의 결점을 꼬치꼬치 따지며 괜한 생트집을 잡는다는 의미이다.[장]

3 창경(倉庚)은 꾀꼬리를 말한다. 전설에 의하면 창경으로 죽을 만들어 먹으면 질투를 치료할 수 있다고 한다.

4 斛 : 열 말이 한 곡(斛)이다.

5 당대(唐代)의 두목은 관직을 박탈당한 후 뜻을 얻지 못해 우울하게 세월을 보냈는데, 양주(揚州)로 가서 기루에서 놀며 풍류로 이름을 날렸다. 그래서 '삼생두목'은 기루를 드나드는 풍류객을 비유한다. 두목이 절서(浙西)에 있을 때, 호주(湖州)에 미인이 많다는 소리를 들었지만 마음에 드는 명기가 없었다. 자사 장수희(張水戲)는 사람들을 모아놓고 인물을 찾았다. 어떤 할머니가 열 살 되는 여자 아이를 데리고 왔는데 아주 예뻤다. 그러나 그 할머니와 아이가 두려워하자 두목은 훗날을 약속했다. "내가 십 년이면 반드시 이곳의 군수가 될 것이다. 만약 오지 않으면 내가 가는 곳을 따르라."라고 하여 많은 폐물을 주어 약혼을 했다. 그리고 관직을 찾아 다른 곳으로 갔다. 그의 친구 주토서(周土犀)가 재상이 되자, 그에게 호주의 군수가 되게 해달라고 했다. 군수가 되어 그곳에 가니 14년 전 약혼을 한 그 여자 아이는 이미 다른 사람에게 시집간 지 3년이 되었고, 자식 두 명이 있었다.[장]

6 위고는 서천 절도사가 되어 젊은 시절 강하(江夏)로 여행하다 강군수의 집안 별관에서 묵었다. 그 집안에는 형보(荊寶)라는 아들이 있었고 겨우 열 살 되는 시녀 옥소(玉簫)를 두고 있었다. 형보는 옥소에게 위고를 모시라고 하였다. 이후 위고와 옥소 두 사람 사이 애정이 생겨났으나 헤어지게 되었다. 위고는 증표로 옥가락지를 주었다. 그러나 5년이 지나고, 다시 2년이 지나도 위고는 오지 않았고 8년째 되는 봄에 옥소는 식음을 끊고 죽었다. 강 씨 집안에서는 옥가락지를 그녀의 중지에 끼운 채 묻었다. 이후 15년 뒤에 위고는 노래 부르는 기녀를 알게 되었는데 옥소라고 했다. 중지는 마치 옥가락지를 끼고 있는 것처럼 살이 도톰하게 올라 있었다.

7 한대(漢代) 장창(張敞)은 관료티를 내지 않고 조례가 끝나면 걸어서 집으로 돌아갔다. 그는 아내와 사이가 특히 좋았는데, 그의 아내는 어린 시절 상처로 인해 눈썹 끝에 흠이 있었다. 그는 매일 아내에게 눈썹을 그려주고 난 후에 공무를 보러 갔다. 장창은 매일 아내의 눈썹을 그려주다 보니 기술이 능숙해져서 눈썹을 아주 아름답게 그리게 되었다. 한나라의 선제는 이들 부부를 은애로운 부부의 모범으로 삼았다.

8 장창이 아내를 위해 눈썹을 그려준 고사를 들어 윤치원이 내세에 여자와의 약조를 지키지 못하고 뒤늦게 집에 돌아오자, 늙어버린 그를 보고 그의 아내가 놀란다는 내용이다.[장]

9 시의 또 다른 양식으로 악곡에 맞게 가사를 쓰는데, 시의 곡조를 사패(

詞牌)라고 한다. 송대(宋代)에 전성기를 이루었다.

10 100자의 문장. 고아백의 문장은 모두 100자로 되어 있다.

11 1~99까지의 숫자를 차례대로 돌아가며 말하다가 7혹은 7의 배수가 나오면 다음 사람의 뒤통수를 친다. 뒤통수를 맞은 사람은 그다음 수를 말해야 한다.

34

음흉함으로 자신의 죄를 달게 인정함에 따라 진실을 걸러내고, 원한으로 갑작스레 혼인하였다는 소식에 놀라다

瀝眞誠淫凶甘伏罪 驚實信仇怨激成親

내안과 심소홍의 남동생은 응접실에서 한참 동안 기다렸다. 아주가 나오더니 심소홍의 남동생을 데리고 들어갔다. 내안은 또 한참을 기다렸다. 이윽고 홍선경이 나오며 내안에게 말했다.

"나보고 왕 나리를 설득해달라고 하는데 우리는 친구 사이라서 조금 난처하네. 왕 나리와 함께 심소홍의 집으로 가면 그때 직접 말해야지. 안 그런가?"

내안이 어떻게 틀리다고 하겠는가. 그는 전적으로 동의했다. 선경은 내안과 동행하여 인력거를 타고 사마로 동합리 장혜정의 집으로 갔다.

그때 왕연생은 네 가지 요리를 시켜놓고 혼자 술을 마시며 답답함을 풀고 있었다. 선경이 들어오자 연생이 자리를 권했다. 선경이 웃으며 말했다.

"어젯밤 고생했지?"

연생은 웃고는 있지만 성난 어투로 말했다.

"자네 날 놀리고 있나. 저번에 자네에게 물었는데 자네는 말해주지 않았잖아."

"뭘 물어봤었지?"

"기녀가 배우와 놀아났다는데, 알아볼 곳이 없는지 말이야."

"자네 불찰이지. 그녀와 마차를 탔잖은가. 모두 마차 위에서 벌어진 일이잖아. 내가 자네에게 심소홍은 마차를 타기 때문에 비용이 많이 든다고 말하지 않았나? 자네가 내 말의 의미를 몰랐을 뿐이야."

연생이 손을 내저었다.

"그만해! 술이나 마셔!"

아주머니가 술잔과 젓가락 한 벌을 더 올리자 장혜정은 직접 술을 따랐다. 연생은 이에 선경에게 말했다.

"비취 머리장신구 사지 마."

왕연생은 다른 품목이 적힌 종이를 홍선경에게 주었다. 홍선경이 펼쳐보니 파란색 옷과 붉은색 치마 종류로, 왕연생은 선경에게 최대한 서둘러 준비해달라고 부탁했다. 선경은 혜정을 보며 웃었다.

"축하합니다."

혜정은 부끄러워 다른 곳으로 가버렸다. 선경은 정색을 하고 연생에게 말했다.

"지금 자네가 장혜정을 맞이하는 것은 괜찮아. 다만 이 일로 심소홍의 집에 발길을 끊으면 어쨌든 모양새는 보기 좋지 않을 것 같네."

연생은 짜증을 내며 말했다.

"자네가 무슨 상관인가!"

선경은 멋쩍게 웃으며 완곡하게 말했다.

"그건 아니야. 심소홍에게 손님은 자네 한 명뿐이야. 자네가 가지 않으면 손님은 한 명도 없어. 이제 곧 명절이 될 텐데, 그 많은 비용을 감당하지 못할 거야. 집에는 또 부모 형제까지 있잖아. 가족들도 먹고 써야 하는데, 소홍이 무슨 수가 있겠나? 사방에서 압박해오면… 목숨을 내놓으라는 거지. 아니, 심소홍 목숨도 뭐 그리 중요하겠어. 돌아 돌아서 원점으로 돌아가면, 결국 자네를 위해서야. 자네가 죄를 짓는 거잖아. 우리가 기녀들과 놀면서 죄를 짓는 게 말이 돼?"

연생은 생각에 잠겨 있다가 고개를 끄덕이며 말했다.

"자네도 도와주고 있잖나!"

선경은 발끈하여 안색을 바꾸며 말했다.

"자네 참 이상하게 말을 하네. 내가 왜 도와줘?"

"자네가 나더러 소홍 집에 가야 한다고 하는 게 돕는 게 아닌가?"

선경은 '하' 하고 길게 한숨을 쉬더니 오히려 웃는 낯으로 바꾸어 말했다.

"자네가 심소홍과 사귈 때 난 재미없다고 계속 말했었어. 그런데 자네는 내 말은 듣지 않고 소홍에 푹 빠져 있지 않았나. 그런 자네가 지금은 화가 나서 내가 소홍을 돕는다고 말하면 정말 이건 말이 안 되지!"

"그러면 왜 나보고 가야 한다는 건가?"

"다시 그녀와 사귀어야 된다는 뜻이 아니네. 자네는 한 번만 가면 돼."

"한 번 가서 뭐하나?"

"바로 자네를 위한 계산이야. 무슨 일이 있을지도 모르잖아. 자네가 가면 그쪽에서도 일단 안심할 테고 자네도 그쪽 상황을 살필 수 있잖아. 사오 년 사귀는 동안 만 원이나 썼고 조금이라도 장부에 빚이 남아 있으면 안 되니까 자네가 가서 정리해주면 생활비로도 쓸 수 있고, 명절도 그럭저럭 넘길 수 있겠지. 그다음 명절은 도와주든 말든 자네 마음대로 하면 되지. 안 그래?"

연생은 듣기만 하고 말이 없었다. 그래서 선경은 더욱 부추겼다.

"나중에 나와 함께 가서 무슨 말을 하는지 들어보세. 만약 말도 안 되는 소리를 한마디라도 하면 바로 나와."

연생은 벌떡 일어서며 발끈했다.

"난 안 가겠네!"

선경은 하는 수 없이 겸연쩍게 웃으며 말을 끊었다.

두 사람은 각자 술을 몇 잔 더 마시고 혜정과 함께 점심을 먹었다. 선경은 연생 대신 물건을 사러 가야 했고, 연생 또한 잠시 공관으로 돌아가야 했다. 그래서 연생은 선경에게 저녁에 이곳에서 다시 만나자고 했다. 선경은 대답하고 먼저 나갔다.

연생은 아편을 잠깐 피우다가 가마를 불러서 오마로 공관으로 돌아갔다. 이 층 방에 앉아 초대장 두 장을 쓰고, 내안은 옆에서 시중을 들었다. 갑자기 딸랑딸랑 방울소리가 들려왔다. 누군가 문에 들어와 연생의 조카와 마당에서 이야기를 나누고 있는 것 같았다. 잠시 후 가마 한 대가 문 앞에서 멈추었다. 연생은 손님인 줄 알고 내안에게 나가보라고 했다. 내안은 나가더니 돌아오지 않고 뜻밖에 자박자박 이 층으로 올라오는 작은 발소리가 들려왔다.

연생은 직접 밖을 내다보았다. 누가 심소홍인 줄 알았을까, 그 뒤로 아주도 따라오고 있었다. 연생은 그들을 보자마자 날벼락을 치듯 격노하며 소리를 쳤다.

"무슨 낯으로 나를 보러 왔어! 썩 나가!"

그는 소리를 치며 발을 굴렀다. 심소홍은 두 눈에 눈물을 머금은 채 한마디도 하지 않았다. 아주가 앞으로 나서며 해명을 해보았지만 그의 화를 누그러뜨리지 못했다. 연생은 무슨 말인지 알아듣지도 못할 말들로 한차례 난리를 쳤다. 아주는 아예 자리에 앉아 연생의 화가 조금이라도 가라앉을 때까지 기다렸다. 그리고 또박또박 말을 하기 시작했다.

"왕 나리, 가령 나리께서 관리로 계시고 우리가 고소를 한다면 나리께서도 잘 들으셔야 벌을 줘야 할지 제대로 판단을 하실 수 있죠. 그런데 지금 말 한마디도 못 하게 하시면, 혹 억울한 사정이 있는지 나리께서 어떻게 아시겠습니까?"

연생은 화를 내며 물었다.

"내가 무슨 누명을 씌웠다고 그래?"

"나리께서 누명을 씌웠다는 게 아니에요. 우리 선생이 조금 억울해서 나리께 말씀을 올리려고 하니 들어주십시오."

"그래도 억울하다는 말을 하려면 차라리 배우에게 시집이나 가!"

그러나 아주는 태연하게 '흥' 하고 냉소를 지었다.

"우리 선생이 남동생 때문에 억울하면 부모에게 말할 수 있고, 부모 때문에 억울하면 나리께 말할 수 있지요. 그런데 왕 나리 때문에 억울하면 정말이지 우리 선생은 어디에 가서 하소연한단 말이에요!"

그러고는 소홍을 돌아보며 말했다.

"우리는 갑시다. 더 이상 무슨 말을 해요?"

소홍 역시 교의에 앉아 손수건으로 얼굴을 가리고 흐느끼

瀝真誠淫凶
甘伏罪
第三十四回

며 울고 있었다. 연생은 한차례 난리를 치고 그들을 내버려두고 침실로 뛰어들어 가버렸다. 소홍과 아주는 바깥방에서 조용히 있었다.

연생이 붓을 가져와 편지를 쓰려고 했지만 한참 동안 한 자도 쓸 수 없었다. 그런데 바깥방에서 소곤거리는 소리가 나더니 소홍이 침실로 들어와 책상을 사이에 두고 마주 앉았다. 연생은 고개를 숙이고 쓰는 데만 몰두했다. 소홍은 떨리는 목소리로 말했다.

"무슨 말을 하셔도 전 괜찮아요. 제가 잘못했으니 당신에게 미안할 뿐이죠. 당신이 원하는 대로 처벌하셔도 달게 받겠어요. 그런데 왜 제 말을 들어주시지 않죠? 제가 억울하게 죽었으면 좋겠어요?"

이 말을 하고 나자 목이 메여 울음이 쏟아지려고 했다. 연생은 붓을 내려놓고 그녀가 무슨 말을 하는지 들었다. 소홍이 계속 말을 이어나갔다.

"전 엄마 때문에 다 망쳤어요! 처음에는 엄마 때문에 이 일을 하게 되었고, 지금은 이전의 손님이 찾아오기 때문에 마지못해 하고 있어요. 전 엄마가 시키는 대로 했을 뿐이고, 이 억울함도 하소연하지 못하고 있는데 당신까지 배우와 놀아났다고 억울하게 누명을 씌우면 어떡합니까!"

연생이 반박하려는데 내안이 총총걸음으로 올라와 아뢰었다.

"홍 나리께서 오셨습니다."

연생은 일어나며 소홍에게 말했다.

"난 네게 할 말이 없다. 용무가 있으니, 알아서 돌아가."

왕연생은 말을 끝내고 심소홍은 방에, 아주는 바깥방에 그대로 내버려두고 아래층으로 내려가 홍선경과 함께 동합흥리 장혜정의 집으로 갔다.

장혜정은 선경이 사 온 물건을 연생과 함께 훑어보았다. 연생은 심소홍이 사죄하는 모습을 혜정에게 말해주었다. 모두 웃으면서도 탄식을 했다. 그날 밤 선경은 저녁을 먹고 갔다.

혜정은 잠자리에 들기 전에 연생에게 웃으며 물었다.

"당신 또다시 심소홍 만날 거예요?"

"지금부터는 소류아와 만나라고 해."

"당신이 만나지 않는다고 차버리지는 말아요. 선경 나리가 가라고 했으니 가보는 것도 괜찮아요. 다만 이렇게만 해줘요."

장혜정은 그에게 어떻게 해야 하는지 알려주었다. 왕연생이 말했다.

"처음에는 심소홍이 나와 아주 잘 맞다고 생각했는데 지금은 왜 그런지 모르겠어. 앙칼스럽게 굴지 않는데도 내가 무시하게 돼."

"아마도 인연이 다 된 모양이에요."

이런 이야기를 하다 자기도 모르는 사이에 잠이 들었다.

다음 날은 오월 초사흘로, 홍선경은 오후에 연생을 찾아와서 모든 일을 의논하고, 대충 정리하고 나서 이야기를 나누다 다시 심소홍 이야기가 나오게 되었다. 선경은 여전히 이전에 말한 바와 같이 그를 설득했다. 연생은 혜정의 말을 들었던 터에 흔쾌히 승낙했다.

이에 홍선경과 왕연생은 함께 심소홍의 집에 가게 되었다. 장혜정은 방문 앞에서 배웅하며 연생에게 눈짓을 하였다. 연생은 웃으며 알았다는 뜻을 내비쳤다. 서회방리 심소홍의 집 문 앞에 이르자 아주가 그들을 맞이하며 기뻐서 헤헤거리며 말했다.

"저희들은 왕 나리께서 안 오실 줄로만 알았어요. 그나마 우리 선생이 애가 타서 죽지 않은 게 다행이에요."

아주는 멋쩍게 웃으며 이 층 방으로 한달음에 올라갔다.

심소홍은 일어나며 감히 눈을 들지 못하고 '홍 나리', '왕 나리' 부르며 인사만 하고 조용히 물러나 앉았다. 연생이 보니 소홍은 월백색 죽포 저고리만 입고 화장을 하지 않아 유난히 수수하고 깔끔해 보였다. 또 방 안은 썰렁하게 텅 비어 있었다. 오직 한쪽 모서리가 부서진 거울만이 벽에 붙어 있는데, 금석지감에 자기도 모르게 긴 한숨을 쉬었다. 아주는 찻잔을 가져오면서 멋쩍게 웃으며 말했다.

"우리 하인이 왕 나리께서 우리 선생이 어떻고 저떻다고 하시는 걸 듣고, 나에게 '무슨 말이에요?'라고 묻기에 '왕 나리께서는 속으로 알고 계셔. 지금이야 화가 나셔서 그냥 뱉은 말이지 정말 선생이 배우랑 놀아났다고 했겠어!'라고 말해주었죠."

"놀아났든 아니든 중요한 게 아니니까 그만해!"

아주는 할 일을 하고 나갔다. 선경은 이야기나 나눌까 하고 웃으며 소홍에게 물었다.

"왕 나리가 오지 않았을 때는 많이 그리워했을 텐데, 오니까 아무 말이 없구나!"

소홍이 억지로 한번 웃어 보이며 탑상으로 가서 꼬챙이를 가져와 아편에 불을 붙이고 담뱃대를 내려놓았다. 연생이 누우며 아편을 피우자 소홍이 말했다.

"이 아편 소반은 제가 열네 살 때 우리 엄마에게 아편을 채워줄 때 사용한 건데, 여태껏 사용하지 않다가 지금 쓰게 되네요."

선경은 이것저것 물어보며 생각나는 대로 말을 했다. 아주는 날이 저물기도 전에 요리 주문을 청했다. 연생이 대답을 하지 않자 결국 선경이 알아서 요리 네 가지를 주문했다. 연생은 그저 선경이 하는 대로 내버려두었다.

저녁을 먹고 난 후 아주는 일찌감치 내안과 가마꾼을 돌려보내고 연생을 어디에도 가지 못하게 붙잡아두었다. 선경이 작별인사를 하고 혼자 돌아가자 연생과 소홍 두 사람만 방에 남게 되었다. 소홍이 연생에게 말했다.

"제가 당신을 알고 지낸 지도 사오 년이 다 되어가지만 이번처럼 화를 내시는 건 한 번도 본 적이 없어요. 지금 저에게 화를 내는 것도 저와 사이가 좋아서 이렇게까지 하신다는 거 알고 있어요. 엄마 말만 듣고 당신과 상의하지 않은 건 제가 잘못했어요. 그래도 배우와 놀아났다고 누명을 씌우시면 억울해서 죽어서도 눈을 감지 못할 겁니다! 잘나가는 기녀야 재미 삼아 배우와 사귀기도 하겠지만 제가 손님이 많아요? 또 철없는 어린아이도 아니고 배우와 놀아나면 손님들이 많이 찾아오기나 해요? 다른 사람들은 제가 당신하고 사이가 좋아서 부러워해요. 장혜정을 들먹일 필요도 없이, 당신 친구들도 저를 험담하잖아요. 지금 당신이 제가 배우와 놀아났다고 말하면 누가 저를 위해 억울함을 풀어주겠어요. 염라대왕전에 가야 밝혀지겠지요."

연생은 미소를 지으며 말했다.

"자네가 놀아나지 않았다면 그만이지, 뭐가 중요하겠어."

"이 몸뚱이는 부모에게서 받은 것입니다. 이 몸뚱이 말곤 천 한 조각, 실 한 올조차 모두 당신이 마련해준 것들이니 당신이 죄다 때려 부숴도 괜찮아요. 그렇지만 당신이 저를 버리신다면, 제 입장을 생각해보세요. 전 뭘로 살아가죠? 죽는 일 외에는 살아갈 길이 없죠. 제가 죽는다고 당신을 원망하진 않을 거예요. 우리 엄마 잘못이니까요. 그렇지만 당신을 생각하면, 당신은 가족들도 없이 혼자 상해로 부임해 왔고, 공관에는 집사 한 명만 있죠. 이마저도 손발이 서툴러서 일 처리도 제대로 못하죠. 친구들이 당신을 잘 알고 있을 거라고 생각하겠지만,

역시 믿을 수 없어요. 오직 저 한 사람만이 당신 성격을 잘 알고 있어서 당신 속마음을 바로 알아채고 당신 마음을 맞춰주며 유쾌하게 이야기를 나누니 늘 좋았죠. 장혜정이 아무리 잘해도 저처럼 잘하겠어요? 저는 당신 한 사람하고만 사귀었고 물론 저를 데려가지는 않았지만, 당신의 사람이라고 생각하고 당신을 의지하며 살아왔어요. 당신도 저 말고는 기분을 맞춰줄 사람이 없다고 생각하실 거예요. 지금 당신이 순간 화가 나서 저를 버리시면 저는 죽으면 그만이에요. 다만 당신이 걱정이지요. 당신 올해 마흔하고도 몇 살 되지만 자식 하나 없고, 몸은 원래 허약한데 아편까지 피우잖아요. 물론 누군가가 당신 옆에서 시중을 들어주는 것도 한 생을 즐겁게 보내는 거긴 하죠. 그런데 당신이 비정한 마음으로 당신 기분을 맞춰주는 사람을 억울하게 죽게 내버려두고, 그 이후에 당신이 불편하기라도 하면 누가 당신을 위해 걱정해주겠어요? 한마디로 누가 당신 마음을 알아주겠어요? 눈을 뜨고 가족을 불러봐요, 어디라도 부를 곳이 있는가. 그때가 되면 이 심소홍이 생각나겠지요. 그때는 제가 아무리 빨리 인간의 몸으로 다시 태어나서 당신을 모신다고 해도 이미 늦어버릴 테니까요!"

심소홍은 다시 흐느끼며 울기 시작했다. 연생은 여전히 미소를 지으며 말했다.

"그런 말은 해서 뭐 하나?"

소홍은 연생이 예전과 다르게 전혀 마음이 없다는 것을 알고 울음을 참으며 또다시 말했다.

"제가 이렇게까지 말을 해도 당신은 마음을 돌리지 않을 텐데 무슨 말을 하겠어요. 그런데 아무리 제가 잘못을 했어도 사오 년을 지내왔는데 하나라도 좋은 점은 있겠죠. 좋은 점을 생각하셔서 우리 부모님은 조금이라도 돌봐주세요. 아버지 어머니께는 제가 죽으면 선당(善堂)[1]에 넣어달라고 할 거예요. 언젠가 누명이 벗겨져서 이 심소홍이 배우와 놀아나지 않았다는 걸 알면 당신이 저를 거두어주셔야 해요. 꼭 기억해주세요."

소홍은 말을 하다 말고 그만 울음을 터뜨리고 말았다. 그러나 연생은 미소만 짓고 있었다. 소홍은 더 이상 연생의 마음을 움직일 방법이 없었다. 잠자리에 들며 베개 머리맡에서 또 어떤 부드러운 말들을 했는지 모르지만 더 이상 자세히 쓰지 않겠다.

다음 날, 연생은 정오가 지나자 떠나려고 했다. 소홍이 붙잡으며 물었다.

"당신 갔다가 오실 거예요?"

연생이 웃었다.

"응."

"속일 생각 말아요. 어쨌든 전 할 말을 다 했으니 당신 마음대로 하세요!"

연생은 짐짓 웃음을 보이며 떠났다.

얼마 후, 내안이 장부에 달아놓은 돈을 보내왔다. 소홍은 보낸 돈을 받고 명함을 돌려보냈다. 그 후 사흘 동안 왕연생은 오지 않았다. 소홍이 아주와 아금대를 보내어 여러 번 청했지만 끝내 얼굴을 비추지 않았다.

초파일이 되자 아주가 다시 청하러 갔다가 돌아와서 황급히 소홍에게 아뢰었다.

"오늘 왕 나리께서 장혜정을 맞이한대요."

소홍은 도무지 믿기지 않아 다시 아금대를 보냈다. 아금대도 돌아와서 큰 소리로 말했다.

"정말이에요! 예배당에서 식을 올렸고 지금은 아주 시끌벅적하게 술자리를 펼치고 있어요. 잠깐 물어보기만 하고 들어가지는 못했어요."

소홍은 여간 화가 나지 않았다. 발을 구르며 원통해하며 말했다.

"다른 사람도 아니고 왜 하필 장혜정이야!"

당장 공관으로 쳐들어가서 따지고 싶었지만 한 번 더 생각을 해보고 결국 가지 않았다. 아주와 아금대는 풀이 죽어서 방을 나가고 소홍은 밤새도록 울어서 호두처럼 눈이 퉁퉁 부었다.

이날 초아흐레에 소홍은 울화가 나서 몸져 눕고 말았다. 그런데 열두 시가 되자 내안이 국표를 가지고 와서 심소홍을 찾았다. 공관에서 부르는 술자리라고 했다. 아주는 내안을 불러 세워 물었으나 내안은 시간이 없다는 핑계를 대며 황급하게 뛰어나갔다. 소홍은 국표를 받아 들고 안 갈 수도 없어서 겨우 일어나 단장을 하고 가볍게 요기를 하고 나갔다. 오마로 왕공관에 도착하니 벌써 기녀들의 가마가 여러 대 있었다. 아주는 소홍의 손을 붙잡고 이 층으로 올라갔다. 바깥방에 쌍대를 마련하고 모아희 패가 정자간에서 곤극 〈도장착기(跳墻着旗)〉[2]를 공연하고 있었다. 소홍은 자리에 앉아 있는 사람들 모두 왕연생의 친구인 것을 보고, 필시 친구들이 왕연생이 부인을 맞이한 것을 축하하기 위해 마련한 자리라고 생각했다.

홍선경은 소홍의 눈이 부은 것을 보고 일부러 불러서 몇 마디를 하며 담담하게 달래주었다. 그러나 그의 말은 오히려 소홍의 마음을 헤집고 말았다. 소홍의 눈에서 금세 눈물이 뚝 떨어졌다. 하마터면 울음이 터져 나올 뻔했다. 선경은 얼른 어물쩍 넘겼다. 자리에 있는 사람들도 고개를 끄덕이며 조용히 한숨을 쉬었다. 화철미, 고아백, 윤치원 세 사람만 사정을 모르고 있어 개의치 않았다.

고아백이 부른 기녀는 청화방의 원삼보였다. 갈중영은 고아백이 아직 마음에 둔 기녀가 없다는 것을 알고서 물었다.

"자네와 함께 장삼서우를 모두 한 번씩 찾아가 볼까?"

아백은 손을 내저으며 말했다.

"자네 말은 더욱 잘못되었네. 그런 건 '우연히 만나야지, 만남을 억지로 만들어서는 안 되는' 일이네."

화철미가 말했다.

"강함과 부드러움을 갖춘 아백 자네가 일생을 헛되이 보내게 되는 게 아쉽군."

아백은 생각이 나서 나자부에게 말했다.

"자네 애인 쪽에 있는 제금화라는 기녀를 친구가 내게 추천해주었는데, 뭐라고 좋다고 할 만한 게 전혀 없던데."

"제금화는 원래 안 돼. 지금은 요이 기루로 옮겨갔어."

이때, 무대는 〈취병산〉으로 바뀌었다. 석수를 맡은 배우는 강개하고 격앙된 동작을 연기하며 목소리와 표정 모두 빼어났다. 술집 장면에서도 단도를 휘두르는데 진짜 실력은 아니겠지만 공력은 상당했다.

심소홍은 이 연극을 보고 마음에 느낀 바가 있어 얼굴이 붉어졌다. 고아백은 '좋아' 하고 갈채를 보냈지만 배우 이름은 몰랐다. 갈중영은 그 배우를 알고 있어서 동합흥리 대각요집의 요문군(姚文君)이라고 말해주었다. 윤치원은 아백이 칭찬하는 것을 보고 그 배우가 무대에서 내려오자마자 아주머니를 불렀다.

"고 나리께서 요문군을 부르시네."

아주머니는 황급히 요문군을 데리고 고아백의 뒤에 앉혔다. 아백이 요문군을 자세히 살펴보니 미간에 사람을 압도하는 영리하고 진취적인 기상이 있었다.

그때 기녀들이 모두 모이자 왕연생은 갑자기 신방으로 가서 한참을 의논하고 나오더니 오설향, 황취봉, 주쌍주, 요문

仇恨
結成親

군, 심소홍 다섯 사람을 신부가 있는 방으로 청했다. 심소홍은 난처하기 그지없었지만 다른 사람들을 따라 들어갈 수밖에 없었다. 장혜정은 싱글벙글 웃으며 일어나 그들을 맞이하며 자리를 권하고 이야기를 나누었다. 심소홍은 수치스러우면서도 화가 나서 입을 꾹 다물고 있었다. 돌아갈 때 장혜정은 모든 사람에게 선물을 주었다. 오설향, 황취봉, 주쌍주, 요문군 네 사람에게는 비취 연밥 머리장신구를 주고, 심소홍에게는 그중에서도 가장 비싸고 귀한 귀고리 한 쌍과 반지 하나를 주었다. 심소홍은 또 한 번 다른 사람들을 따라 감사의 인사를 하고 받았다. 바깥방으로 물러나오자 기녀들의 절반은 이미 가고 없었다. 고아백은 요문군이 맡은 극 하나를 또 청했다. 이 무대가 끝나자 기녀들은 모두 돌아가고 잔치 자리도 정리되었다.

---

1 옛날 각 지방에 있던 자선단체. 장례 치를 능력이 없으면 이곳에 무료로 관을 맡겨두었다.

2 원대(元代)의 희곡 『서상기(西廂記)』를 윤색한 곤극이다. 장생이 담을 넘어 앵앵과 만나는 장면과 앵앵이 하녀 홍랑과 바둑을 두는 장면을 연결하여 1막으로 만들어 공연한다.

35

가난을 벗어나려 기루를 열었으나 뾰족한 수가 없고,
잦은 병치레로 살풍경이지만 안쓰러운 마음이 생긴다

落煙花療貧無上策 煞風景善病有同情

왕공관에서는 자리를 정리하였다. 손님들도 속속 작별인사를 하고 떠나갔다. 홍선경만 소소한 일을 챙기느라 저녁이 되어서야 나갔다. 그는 공양리 주쌍주의 집으로 향해 걸어가는 내내 곰곰이 생각해보니 세상사를 어떻게 예측할 수 있을까, 심소홍의 자리가 그렇게 쉽게 장혜정에게 빼앗길 줄을 누가 알았을까, 심소홍에게 냉담해진 연생의 의중을 짚어보면 이전만큼 친밀하지 않으니 어쩌면 관계가 끝나겠다는 생각이 들었다.

이런저런 생각을 하고 있는데, 갑자기 '외삼촌' 하고 부르는 소리가 들렸다. 선경이 걸음을 멈추고 바라보니 다름 아닌 조박재였다. 그는 마 재질의 하얀 여름 장삼을 입고 비단 신발에 깨끗한 버선을 신고 있었는데 그 모습이 화려했다. 선경은 자기도 모르게 고개를 끄덕이며 인사를 받았다. 박재는 기쁜 나머지 선경에게 한두 마디 더 안부 인사를 여쭙고 옆으로 비켜서서 홍선경이 남주금리를 지나가기를 기다렸다.

조박재는 선경이 멀리 사라지자 사마로 화중회 화연관으로 가서 시서생을 찾았다. 서생은 다른 말 없이 돈뭉치 하나를 박재에게 건네주며 말했다.

"가지고 가서 어머니께 드리세요. 장수영에게는 보이지 말고요."

박재는 대답을 하고 그 돈을 가지고 청화방 거처로 갔다. 누이 조이보와 모친 홍 씨가 정자간 안에서 마주보고 앉아 있었다. 홍 씨는 한숨을 쉬고 있는 것 같고, 조이보는 눈물을 닦으며 만면에 노기를 띠고 있었지만 그 까닭을 알 수 없었다. 이보가 갑자기 입을 열었다.

"우리가 자기 집에 살고 있는 것도 아니고 자기 돈을 쓰는 것도 아닌데 왜 내가 비위를 맞춰야 돼? 이 삼십 원이 자기 건가? 무슨 낯짝으로 나한테 요구해!"

박재는 그 말을 듣고 장수영과 틀어진 이유를 눈치챘다. 그는 히히거리며 돈뭉치를 꺼내 모친에게 건네주었다. 홍 씨는 다시 이보에게 주며 말했다.

"잘 넣어둬."

이보는 홱 뿌리치고 화를 내며 말했다.

"뭐 하러!"

박재는 도무지 이해가 안 되어 한참 멍하니 있었다. 이보는 박재를 향해 말을 하기 시작했다.

"쓸 돈이 있으면 고향으로 돌아가는 데나 써. 돌아가지 않을 거면 아예 간판 내걸고 일을 하든가. 오빠 생각 따를 테니까, 여기서 뭘 할 생각이야?"

박재는 중얼거렸다.

"내가 무슨 생각이 있겠어? 누이를 따라야지."

"지금은 내게 미뤄놓고 나중에 오빠한테 손해를 끼쳤다고는 하지 마!"

박재는 웃으며 말했다.

"그럴 일은 없을 거야."

박재는 그 자리에서 나왔다. 혼자 생각해보아도 뾰족한 수가 없으니 장계취계할 수밖에 없었다.

며칠 후 이보는 직접 정풍리(鼎豐里)에서 방을 전세 내어 삼백 원을 걸어놓고 돌아와서 장수영에게 말했다. 장수영은 말릴 수 없음을 알고 이보가 하는 대로 내버려두었다. 십육 일을 택하여 이사를 하고 홍목 가구 일체를 임대하여 먼저 배치해놓고 생활용품들을 마련하였다. 여자 하인 아교는 데리고 가고 또 아호(阿虎)라는 아주머니 한 명과 남자 하인 한 명을 고용했다. 그 두 사람도 각각 이백 원씩 투자했다. 박재는 붉은 종이를 가져와 친필로 '조이보우(趙二寶寓)' 넉 자를 큼직하게 쓰고 문 입구에 붙였다. 그날 밤 바로 시서생이 술자리를 마련하였다. 그가 초대한 손님들은 진소운, 장여보 무리여서 홍선경의 귀에 들어가게 되었다. 선경은 그 소식을 듣고 개탄했지만 전혀 상관하지 않았다.

조이보가 기루를 열자 성업을 이루어 끊임없이 마작이나 술자리가 이어져 이보는 절로 흥이 나서 일을 해나갔다.

조박재도 의기양양하여 걱정 없이 이 일을 즐겁게 했다. 이보는 시서생이 큰 힘이 되어주기에 그를 각별하게 대접했다. 뜻밖에 장수영은 이것을 질투하여 가마를 타고 서시(西市)에 있는 시서생의 집으로 가서 수양어머니에게 일러주었다. 수양어머니는 내막은 모르면서 다짜고짜 서생을 꾸짖었다. 서생은 화가 나서 아예 두 집 모두 발길을 끊어버리고 어린 기녀 원삼보에게 갔다.

장수영은 서생의 도움 없이 생활비를 감당하지 못하기도 했고 득의양양한 조이보를 보고 그녀도 이보의 뒤를 따를 생각에 사마로 서공화리(西公和里)로 이사를 갔다. 그 집은 바로 담여연의 집으로, 담여연과 방을 마주하고 있어 그녀와 아주 친밀하게 지냈다. 도운보는 장수영을 보고 뜻밖의 칭찬을 했다. 담여연이 말했다.

"새로 왔으니까, 당신 친구가 있으면 중매를 서줘요."

운보는 대충 대답을 했다. 수영은 자신의 외모를 믿고 매일

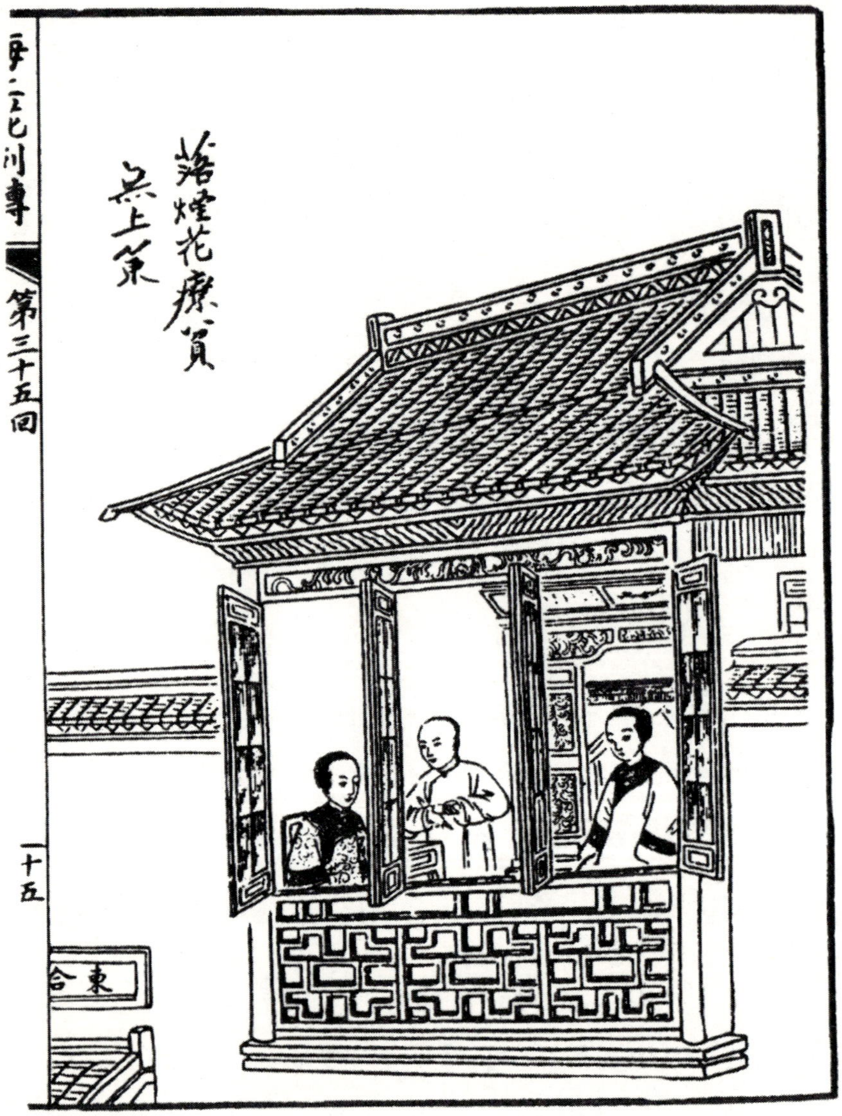
落煙花療貧
無上策
第三十五回
十五

마차를 타고 손님을 끌어올 계획을 세웠다.

유월 중순이 되자 날씨가 갑자기 더워졌다. 방 안에는 납풍(拉風)[1]이 있지만 땀이 줄줄 흘러내렸다. 도운보는 마차를 타고 바람을 쐴까 하고 하인을 보내며 동생 도옥보에게 갈 마음이 있는지 물어보라고 했다. 하인은 동흥리 이수방의 집으로 가서 이 말을 전하였다.

도옥보는 이수방의 병세가 조금 나아졌으니 야외 정원으로 놀러 가는 것도 보양의 한 방법이라고 생각했다. 그러나 수방의 마음이 어떨지 몰랐다. 수방이 말했다.

"형님께서 마차 타러 가자고 몇 번이나 부르셨는데 한 번은 가야죠. 저도 지금은 괜찮아졌어요."

이완방은 그 말을 듣고 따라 나오며 말했다.

"형부, 저도 갈래요!"

"당연히 함께 가야지. 벌써 강철바퀴 마차 두 대를 불렀어."

수방이 말했다.

"그런 마차를 타면 또 당신 형님에게 비웃음을 사게 될 텐데, 가죽덮개 마차 타고 가요."

그리고 하인에게 전했다.

"간다고 전해라."

명원의 서양관에서 만나기로 약속을 하고 이곳 하인 계복에게 강철바퀴 마차, 가죽덮개 마차를 한 대씩 부르게 하였다.

완방이 제일 신이 나서 화장을 다시 고쳤다. 수방은 머리를 간단하게 매만지고 비녀와 잠을 다시 꽂고 나서 직접 뒷방 어머니 이수저에게 가서 말했다. 수저는 일찍 돌아오라고 신신당부했다.

수방이 방으로 돌아오니 여자 하인 아초와 옥보는 먼저 나가 밖에서 기다리고 있었다. 수방은 한참 거울을 마주하고 자신의 모습을 요리조리 비춰보고 나서 완방의 손을 잡고 함께 나갔다. 동흥리 입구에 이르자 완방이 옥보와 같이 가죽덮개 마차를 타려고 해서 수방은 아초와 함께 강철바퀴 마차에 올라탔다. 니성교를 지나자 양쪽에는 가로수의 가지가 서로 얽혀 녹음이 우거지고 울창하여 그늘을 드리우고 있었다. 게다가 선선한 바람이 소맷자락을 건드리자 더위가 한결 가셨다.

명원에 도착하자 마차에서 내려 누각으로 올라갔다. 도운보와 담여연이 먼저 와 있었다. 그래서 도옥보와 이수방은 바로 맞은편에 자리를 잡고 차를 주문했다. 이완방은 옥보 옆에 꼭 달라붙어 한 발자국도 떨어지지 않았다. 옥보가 그녀에게 말했다.

"내려가서 놀아."

그러나 완방은 우물쭈물하며 말을 듣지 않았다. 그러자 수방이 말했다.

"내려가 봐, 그렇게 붙어 있으면 덥지 않니?"

완방은 그제야 마지못해 멋쩍어하며 아초의 손을 잡고 내려갔다. 도운보는 누렇게 뜬 이수방의 얼굴을 보고 병세가 여전하다는 것을 알았다.

"아직도 아픈가?"

"지금은 많이 나아졌어요."

"얼굴색이 좋지 않은데 건강에 신경을 써야겠어."

도옥보가 말을 이었다.

"근래에는 의사도 힘들어해요. 처방대로 약을 먹어도 듣지를 않아요."

담여연이 말했다.

"두소산이 정말 잘하는데 그에게 진찰 받아봤어요?"

수방이 말했다.

"두소산은 말도 꺼내지 말아요. 그가 처방해준 약이 얼마나 많은지 제대로 먹어내지도 못했어요."

운보가 말했다.

"전자강에게 들었는데 고아백이라는 자가 진찰은 하지 않지만 의술이 아주 뛰어나다고 하더군."

옥보는 좀 더 물어보려고 하는데 이완방이 아초와 함께 비틀거리며 돌아와서 배시시 웃으며 말했다.

"돌아갈 거죠?"

"방금 왔잖아. 조금 더 놀아."

"놀 거리가 없어서 싫어요."

완방은 이 말을 하고 옥보에게 감겨들며 무릎 위로 올라앉기도 하고, 가슴팍에 파고들기도 하며 좀체 편안한 곳을 찾지 못했다. 옥보가 고개를 숙이고 정색을 하며 왜 그러는지를 물었다. 그러자 완방은 귀에 대고 속삭였다.

"우리 돌아가요."

수방은 완방이 멋대로 구는 걸 보고 화를 냈다.

"대체 뭐 하는 거야, 이리로 와!"

완방은 수방의 말을 거스르지 못하고 황급히 수방 쪽으로 갔다. 수방은 자기도 모르게 그만 소리를 질렀다.

"네 얼굴이 왜 이렇게 빨개졌어? 술 마셨니?"

옥보가 보니 정말로 완방의 두 볼이 연지를 찍어놓은 듯 빨갰다. 얼른 손을 가져가 이마를 짚어보았다. 손이 델 정도로 뜨겁고 손바닥 또한 그랬다. 옥보는 깜짝 놀랐다.

"너 왜 말하지 않았어? 열나잖아!"

완방은 배시시 웃기만 했다. 수방이 말했다.

"이렇게 다 큰 아이가 열이 나는 것도 모르고 마차를 타겠다고 했다니!"

옥보는 완방을 안고 바람이 없는 곳으로 가서 앉았다. 수방은 아초에게 마차를 부르라고 했다. 아초가 간 후 도운보가 이수방에게 웃으며 말했다.

"자네 둘은 자주 아프니 정말이지 잘 어울리는 자매야."

담여연은 수방이 의심이 많다는 것을 들었기 때문에 황급히 운보에게 눈짓을 했다. 그러나 수방은 대답할 겨를이 없었다. 잠시 후 아초가 돌아와 아뢰었다.

"마차 왔어요."

옥보와 수방은 운보와 여연에게 작별인사를 했다. 아초는 앞장서서 이완방을 부축하고 아래층으로 내려갔다. 수방은 완방을 강철바퀴 마차에 태우려고 하였다. 그러자 완방이 말했다.

"난 형부와 같이 탈래요."

"그러면 내가 아초와 가죽덮개 마차에 탈게."

모두 마차에 올라타자 서서히 출발했다. 완방은 마차 안에서 옥보의 가슴에 머리를 묻고 옥보는 소매로 이마를 단단히 덮어주었다. 사마로 동흥리에 도착하고 마차에서 내려 집으로 갔다. 수방은 완방에게 어서 자러 가라고 재촉했지만 완방은 떨어지기 싫다며 언니 방에서 자려고 했다.

"탑상에서 자도 괜찮아요."

수방은 그녀의 고집을 잘 알고 있기에 아초에게 이불을 하나 가져와 덮어주라고 했다. 그때, 깜짝 놀란 이수저가 대아금에게 어떻게 아픈지 물어보았다. 수방이 대답해주었다.

"아마도 마차를 타다가 한기가 든 모양이에요."

그 말을 들은 이수저는 마음을 놓았다. 수방은 아초를 내보내고 옥보와 함께 완방을 보살폈다. 완방은 탑상의 왼쪽에 비스듬히 누워 있었다. 방 안이 조용하자, 이불 끝을 들추고 고개를 내밀며 불렀다.

"형부, 여기로 와요."

옥보는 탑상으로 와서 몸을 숙이며 물었다.

"필요한 거 있어?"

완방은 애원하듯 말했다.

"형부, 여기에 와서 앉아 있으면 안 돼요? 제가 자는 동안 형부가 여기 앉아 보고 있어요."

"여기 앉아 있을 테니, 어서 자."

옥보는 오른쪽에 앉았다. 완방은 잠시 잠이 들었다가 마음이 놓이지 않아 눈을 뜨고 보았다.

"형부, 가면 안 돼요! 저 혼자는 무서워요!"

"안 갈 테니, 어서 자."

완방은 다시 수방을 불렀다.

"언니도 여기에 오지 않을래요?"

"형부가 앉아 있으니 됐어."

"형부가 앉아 있질 못하잖아요. 언니가 여기로 와서 앉아요. 그래야 형부가 안 가요"

수방도 웃으며 그녀 말대로 아편 소반을 밀어놓고 완방의 다리 쪽으로 가서 앉으며 이불을 다시 덮어주었다. 한참을 조용히 앉아 있는 동안 날이 저물었다. 수방은 완방이 전혀 미동도 않자 깊이 잠들었다고 생각하고 조용히 물러나 주렴 아래로 손짓하며 아초를 불러 조용히 말했다.

"남포등 켜서 가져와 봐."

아초는 그 뜻을 알아채고 등을 가져와 등반에 올려놓고 조용히 물러갔다. 수방은 옥보에게 나지막하게 말했다.

"이 어린 아이가 기녀 노릇을 한다고. 정말 불쌍해요! 손님들이 이 아이가 잘 노는 줄 알고 좋아하니까 여기저기서 불러서 정말 바빠요. 지금 열이 나는 것도 전날 밤 자다가 다시 불려 나가서 날이 밝아서야 돌아왔기 때문이에요. 그러니 한기가 들죠."

옥보도 나지막하게 말했다.

"그래도 여기에 있으니 그나마 복이 있는 셈이야. 친딸이라도 이렇게 지내진 못해."

"나에게도 이 아이가 있어 다행이죠. 그 많은 손님들을 나 혼자 접대하려고 했다면 난 죽어났을 거예요."

그때, 아초가 저녁을 들고 들어왔다. 중앙의 둥근 탁자 위에 올려놓고 또 다른 남포등 하나를 켰다. 옥보도 조용히 내려와 수방과 마주 보고 앉아 함께 식사를 했다. 아초는 옆에서 식사 시중을 들었다. 모두들 조심한다고 했지만 움직이는 소리가 나지 않을 수 없다 보니 완방을 깨우고 말았다. 수방은 밥그릇을 내려놓고 얼른 달래러 갔다. 완방은 멍하니 바라보고 있다가 정신을 차리고 나서 말했다.

"형부는요?"

"형부는 저녁 먹고 계셔. 네 시중드느라고 저녁도 먹지 말라는 거니?"

"저녁 먹는데 왜 안 깨웠어요?"

"열이 있어서 먹으면 안 돼."

완방은 조바심이 나서 벌떡 일어났다.

"먹을 거예요!"

수방은 아초에게 그녀를 부축하라고 했다. 완방은 천천히 탁자 앞까지 걸어왔다. 옥보가 완방에게 물었다.

"내 거 먹을래?"

완방은 고개를 끄덕였다. 옥보는 그릇을 완방의 입가에 대고 한 입 먹였다. 완방은 한참 밥을 오물거리다 천천히 삼켰다. 옥보가 다시 먹이려는데 완방은 고개를 저으며 먹지 않았다. 수방이 말했다.

"못 먹겠지? 말해도 믿지 않더니. 꼭 내가 먹이지 않으려는 것처럼 말이야."

잠시 후, 옥보와 수방이 식사를 끝내고 아초가 세숫물을 가져왔다. 아초는 온 김에 완방에게 이수저가 한 말을 전해주었다.

"엄마가 자래요. 술자리는 이 층에 있는 두 명을 대신 보냈대요."

완방은 옥보에게 물었다.

"언니 침대에서 자고 싶은데 형부가 재워줄래요?"

옥보는 흔쾌히 승낙했다. 수방은 말리지 않고 직접 완방의 얼굴을 닦아주며 어서 자라고 했다. 아초는 탁자 위 등불을 켜고 침상을 정리했다. 수방은 아직 돗자리를 사용하지 않아 침대 안쪽의 면이불 몇 장을 걷어내고 탑상 덮개 겹이불을 깔았다. 그리고 그 위쪽에 작은 베개를 가져다 놓았다.

완방은 화장실에 다녀와서 바로 잠들지 않고 옥보를 바라보며 생각에 잠긴 것 같았다. 옥보는 그 뜻을 알아채고 웃었다.

"내가 도와줄게."

그는 침대로 다가와 완방 대신 끈을 풀어 옷을 벗겨주었다. 그때 완방은 옥보의 귀에 대고 소곤거리며 부탁을 했다. 그러나 옥보는 웃으며 허락하지 않았다. 수방이 물었다.

"뭐라고 해요?"

"너도 같이 침대에 올라오라고 하네."

"꾀부리지 말고 빨리 자!"

완방은 침대에 올라가 이불 속으로 파고들며 큰 소리로 말했다.

"형부, 언니에게 이야기 해줘요."

"무슨 이야기?"

"아무 이야기라도 해줘요."

옥보가 대답도 하기 전에 수방이 웃으며 말했다.

"침대에 오라고 별별 꾀를 다 부리는구나. 정말!"

수방은 그러곤 정말 옥보와 나란히 침대 가장자리에 앉았다. 완방은 이불을 머리까지 올려 덮고 혼자 낄낄거리며 웃었다. 옥보도 따라 웃었다.

완방은 언니와 형부 모두 옆에서 자신을 보살펴주니 마음이 푸근해져서 금세 흑첨향에 빠져들었다. 옥보는 특별한 일이 없어 열한 시가 되자 수방과 나란히 누웠다. 그러나 수방은 뒤척이며 오랫동안 잠을 이루지 못했다. 옥보는 완방 때문인 줄 알고 부드러운 말로 달래주었다.

"어린 아이라서 열이 좀 나도 괜찮아. 오히려 네가 나아진 지 며칠 안 됐으니까 좀 조심해야지."

"아뇨. 내 마음이 왜 그런지 모르겠어요. 무슨 일이든 머리에 들어왔다 하면 계속 그 생각만 하니까 잠도 못 자고, 아무리 떨쳐버리려고 해도 안 돼요."

"다 병 때문이니까 이제부터는 생각하지 마."

"지금은 나 아픈 것만 생각해요. 내가 아프면 오히려 이 아이가 제일 먼저 초조해져서는, 당신이 오지 않을 때마다 내 시중을 들어줬어요. 다른 사람들은 보기만 해도 싫을 텐데. 시중만 드나요, 온갖 꾀를 내서 나를 즐겁게 해주려고까지 하니. 지금 이 아이의 병은 별거 아니어서 쉬면 된다는 것쯤 나도 아는데 마음이 어쩐지 편치 않은 것 같아요."

옥보가 다시 달래려고 하는데 갑자기 완방이 뒤척이는 소리가 들렸다. 완방은 바깥쪽으로 얼굴을 돌렸다. 수방이 일어나 앉으며 '완방' 하고 불렀는데 대답이 없었다. 다시 그녀의 이마를 짚어보니 아직 열이 있었다. 겹이불이 반쯤 내려와 있어 다시 올려 덮어주고 수방은 자려고 돌아누웠다. 옥보는 계속 달래며 말을 이어갔다.

"이 아이에게 마음 쓰는 건 좋지만, 너무 쓸데없이 신경 쓰지 마. 밤새도록 생각한다고 해서 이 아이 병이 낫는 게 아니야. 만에 하나 네가 잠을 자지 못해 병이라도 나면 더 안 좋아지겠지?

수방이 긴 한숨을 쉬었다.

"이 아이도 괴로워요! 아파도 나 혼자만 이 아이를 걱정해 주니!"

"그러면 걱정만 조금 해줘, 너무 많이 생각하지 마!"

이 말 끝에 갑자기 완방이 깨어나 눈을 비비며 설핏 듣고 부드러운 소리로 불렀다.

"언니."

수방은 얼른 물었다.

"차 마실래?"

"아뇨."

"그러면 계속 자."

완방은 알겠다는 대답을 하고 한참 후 다시 '언니' 하고 불렀다.

"나 무서워요!"

옥보가 끼어들었다.

"우리가 여기 있는데 뭐가 무서워?"

"뒷문 밖에 누가 있어요."

"뒷문은 잠겨 있어. 네가 꿈을 꾼 거야."

또 한참 있다 완방이 이제는 '형부' 하고 불렀다.

"돌아누워서 형부와 같이 자고 싶어요!"

수방이 끼어들었다.

"안 돼. 형부가 여기서 자라고 허락까지 했잖아. 그런데도 소란스럽게 하고 그래!"

완방은 더 이상 억지를 부리지 못하고 잠자코 있었다. 또 한참 후 완방이 신음소리를 내는 것 같았다. 옥보가 말했다.

"내가 돌아누워서 그 애를 보살필게."

수방도 그렇게 하라고 했다. 옥보는 작은 베개를 가져와 잠자는 방향을 바꾸었다. 완방은 기뻐하며 손발을 오므려 옥보의 가슴팍으로 파고들었다. 옥보는 더위를 타는 편은 아니지만 이불을 한쪽으로 걷어붙였다. 완방은 잠을 자려다 말고 머리를 들고 옥보에게 물었다.

"형부, 방금 언니와 무슨 말 했어요?"

옥보는 얼버무렸다. 그러자 완방이 말했다.

"제 이야기 했죠?"

"조용히 해. 언니가 너 때문에 잠도 못 잤는데 또 시끄럽게 할 거야!"

완방은 그제야 소리를 내지 않았다.

다음 날 수방은 충분히 잠을 자고 먼저 깨어났다. 그런데 몸이 나른하여 계속 침대에 누워 있었다. 열한 시쯤 옥보와 완방이 일어났다. 수방은 완방의 열이 좀 내렸는지를 물었다. 그러자 옥보가 말해 주었다.

"좋아졌어. 아침이 되니까 열이 많이 내렸네."

완방도 한결 개운해졌다고 느끼며, 옥보와 옷을 입고 침대에서 내려왔다. 세수를 하고 머리를 빗고 가볍게 식사를 하고 나자 또다시 평소처럼 활발한 여자 아이가 되었다. 그러나 수방은 나른하니 힘이 풀리고 기운이 없어 피곤했다. 다른 사람들은 그 모습이 익숙해서 평소와 다름없어 보였지만 옥보만은 열이 한 번 나면 병세가 더욱 악화되는 수방의 상태를 너무나 잘 알고 있기에 겉으로는 당황하는 기색을 드러내지 않았지만 속으로는 초조해졌다.

점심 먹을 때가 되자 완방은 친밀하게 불렀다.

"언니, 일어나요."

수방은 입 여는 것도 귀찮아서 완방이 여러 번 부르는 소리를 들어도 못 들은 체하고 내버려두었다. 완방은 큰 소리로 말했다.

"형부, 와봐요! 언니가 대답을 하지 않아요."

수방은 귀찮았지만 억지로 한마디 뱉었다.

"자고 싶으니까, 조용히 해."

옥보는 얼른 완방을 끌고 와서 말했다.

"소란 피우지 마. 언니가 지금 기분이 안 좋아."

"왜요?"

"바로 너 때문이야. 네 병이 언니에게 옮겨서 네가 나은 거야."

완방은 초조해졌다.

"그러면 언니의 병을 도로 내게로 옮기면 되겠네요. 난 아파도 전혀 아무렇지도 않아요. 형부가 옆에 있어주고 언니와 이야기 나누면 기분이 좋아져요."

옥보는 자기도 모르게 웃음이 나왔다.

"우리는 밥 먹으러 가자."

완방은 먹고 싶지 않았지만 옥보의 시중을 들기 위해 갔다.

식사를 마치고 나니 이수저가 소식을 듣고 직접 와서 위로해주었다. 얼굴에는 걱정이 가득했다. 옥보가 이야기를 꺼냈다.

"어제 전해 듣기로 선생이 한 명 있다고 하는데, 한번 청해볼까 해."

수방은 그 말을 듣고 손을 내저었다.

"당신 형님께서는 그렇지 않아도 내가 아픈 걸 좋아한다고 하시는데, 또 형님께 여쭤서 선생을 청하려고요!"

"내가 직접 전자강에게 가서 물어보면 돼."

수방은 더 이상 아무 말 하지 않았다. 이수저는 전자강에게 얼른 가서 그 선생을 청하라고 옥보를 부추겼다.

---

1 拉風 : 실내에 아주 큰 천을 걸어놓고 하인들이 끌어당겨 바람을 만들었다.

36

세상에 없는 기이한 감정은 아름다운 짝을 몰아붙이고, 어려운 상황을 만회할 신력은 훌륭한 의사에게 의지한다

絕世奇情打成嘉耦 回天神力仰仗良醫

도옥보는 가마를 타고 후마로 전공관에 가서 명함을 내고 뵙기를 청했다. 전자강은 그를 서재로 안내하며 자리를 내주고 차를 내놓으며 몇 마디 인사를 나누었다. 옥보는 다시 공수를 하며 이수방의 병을 치료해줄 고아백을 청해달라고 전자강에게 간절하게 부탁하였다. 자강은 승낙하면서도 다음 말을 덧붙였다.

"아백 이 사람은 조금 까다로워서 확신할 수는 없네. 마침 오늘 밤 아백이 동합흥리에서 술자리를 마련하여 나를 초대했는데, 그때 만나면 직접 말해보겠네. 그리고 편지로 자네에게 통보해주겠네. 어떤가?"

도옥보는 거듭 감사의 인사를 올리며 정중하게 작별인사를 하고 나갔다.

저녁이 되자 전자강은 술자리 왕림을 재촉하는 초대장을 받고 마차를 한 대 대절하여 동합흥리 대각요의 집으로 갔다. 요문군의 방은 이 층이었는데, 바로 이전에 장혜정이 지내던 곳이었다. 전자강이 들어가니 갈중영과 주인 고아백 두 사람이 인사를 하며 자리를 권했다. 전자강은 손님들이 다 모이기 전에 도옥보가 부탁한 일을 고아백에게 전해주었다. 전자강이 예상한 대로 고아백은 승낙하지 않았다. 그래서 전자강은 도옥보와 이수방의 사랑 이야기를 구구절절하게 해주었다. 그 이야기를 듣던 갈중영도 탄식했다. 마침 요문군이 옆에서 함께 듣고 깜짝 놀라며 물었다.

"동흥리의 이수방 말인가요? 둘째 도 씨 도련님과 아주 사이가 좋잖아요. 제가 몇 번인가 만난 적이 있는데 언제나 같이 오고 같이 돌아가더군요. 근데 왜 병이 났죠? 아직도 낫지 않았나요?"

전자강이 말했다.

"낫지 않았으니까 자네 고 나리를 청하려는 거잖아."

요문군은 고아백을 돌아보며 말했다.

"그렇다면 당신이 꼭 가셔서 진찰해줘야죠. 상해 기루[1]에서는 손님은 기녀들을 속이고, 기녀들도 손님을 속이고, 모두들 체면은 안중에도 없잖아요. 그런데도 이렇게 사이가 좋은 두 사람이 있구나 하고 생각했는데, 하필이면 제대로 엮어보지도 못하고 병이 나고 말았네요. 당신이 치료해줘서 몰염치한 손님들과 기녀들에게 좋은 본보기가 되도록 해주세요."

갈중영은 자기도 모르게 웃음이 나왔다. 전자강도 웃으며 고아백에게 어떻게 할 건지를 물었다. 아백은 이미 속으로는 승낙했지만 일부러 고개를 저었다. 그러자 요문군이 조바심이 나서 고아백에게 달려들며 그의 손목을 잡고 물었다.

"왜 안 가시려는 거예요? 죽어도 좋다는 거예요?"

고아백이 웃으며 말했다.

"안 간다고 하면 안 가는 거지. 무슨 이유가 있나?"

문군은 눈을 부릅뜨고 큰 소리로 말했다.

"안 되죠. 그런 이유로 안 가겠다니요!"

갈중영이 웃으며 중재에 나섰다.

"문군이 또 속았네! 그도 이수방을 잘 알고 있는 것 같으니, 흔쾌히 봐줄 거야."

요문군은 손을 놓고 나서도 고아백을 쳐다보며 중얼거렸다.

"안 가겠다고 해봐요. 끌고서라도 갈 테니까."

아백은 손뼉을 치고 껄껄껄 웃음을 터뜨리며 말했다.

"내가 너에게 잡히고 말았구나!"

"당신이 잘못했잖아요."

전자강이 아백에게 바로 약속 날짜를 정하자고 하니 고아백은 '내일 아침'으로 정하였다. 자강은 자신의 마부에게 이수방의 집으로 가서 이 말을 전하라고 했다. 명을 받고 간 마부는 금방 돌아왔다. 그리고 도옥보의 초대장 두 장을 전자강에게 올렸다. 초대장을 보니, 고아백과 전자강 두 사람을 초대하는 것으로 위쪽에는 '다음 날 정오 변변치 못한 차를 한 잔 대접하고자 하오니 왕림하여 주십시오'라고 쓰여 있고 아래에는 '동흥리 이수방 집에서 자리를 준비하겠습니다.'라고 작은 글씨로 쓰여 있었다.

"그러면 지금 우리가 먼저 그를 청하세."

고아백은 급히 초대장을 써서 하인을 통해 보냈다. 도옥보는 두말할 것도 없이 참석의 뜻을 전했다. 공교롭게도 먼저 초대한 화철미, 윤치원과 동시에 도옥보도 도착했다. 고아백은 물수건을 올리라고 하고 모두들 자리에 앉았다. 고아백은 주인으로서 정성을 다해 술을 권했다. 찔끔찔끔 술을 마시는 도옥보를 제외하고 그 술자리에서는 화철미가 기세등등하게 아백에게 도전하였다. 윤치원도 화권은 자부하기에 추호도 양보하려 하지 않았다. 갈중영과 전자강은 시끌벅적하게 응수할 뿐이었다. 그때 기녀들이 도착하자 고아백은 계항배를 가져오라고 해서 먼저 모두를 상대하여 승부를 내는 통관을 하자고 제안했다. 그러나 상석에 앉아 있던 도옥보가 자신은 빼달라고 하자 이내 아백이 말했다.

"벌주는 대신 마시게 하면 돼."

옥보는 마지못해 받아들였다. 그래서 그가 지면 이완방이 대아금에게 가져다주며 대신 마시게 했다. 윤치원은 자신의 차례가 되자 이의를 제기했다.

"자네 쪽은 대신 마셔주는 사람이 너무 많아. 나는 임취분 한 사람인데 손해잖아."

그러자 아백이 말했다.

"그러면 모두 대신 마시지 않기야."

치원은 찬성했다. 아백은 연달아 세 번을 져서 벌주 석 잔을 연거푸 마셨다. 나머지 세 사람과는 사정에 따라 대신 마시게 하거나 하지 않거나 하였다. 아백은 계항배를 화철미 앞으로 옮겨 놓았다. 그러자 철미가 말했다.

"자네 통관은 통관이라고 할 수 없네. 다시 선을 깔게. 어떤가?"

아백이 말했다.

"나중에 할게."

그래서 철미는 자신이 스무 잔을 깔았다. 윤치원은 고아백에게만 장난을 걸고 손소란이 화철미 대신 술을 마셔도 아무 말 하지 않았다. 잠시 후 스무 잔을 다 마시자 화철미가 물었다.

"이제 누가 깔 거야?"

모두들 아무 말 없이 서로 바라보기만 하는데 고아백이 윤치원을 추천했다. 그러자 치원이 말했다.

"자네가 먼저 하면 내가 대적하겠네."

아백은 화철미와 똑같이 스무 잔으로 했다. 치원은 팔을 걷어붙이고 대찬 기세로 대적했다. 아백은 계속해서 졌다. 요문군이 대신 술을 마시려고 했지만 치원이 허락하지 않았다. 아백은 다섯 번을 한 후부터 더욱 엄중하게 경계하며 상대방의 틈을 파고들어 세 번을 이겼다. 두 잔은 치원이 마시고 나머지 한 잔은 임취분이 대신 마셨다. 아백은 쓴웃음을 지었지만 치원은 모르는 체했다. 요문군은 화가 나서 다른 쪽으로 고개를 돌렸다. 치원은 다 마시고 나서 웃으며 말했다.

"다음은 누구로 할까."

치원과 나란히 앉은 사람은 전자강이었지만 황취봉과 소곤소곤 비밀스러운 이야기를 하느라고 화권을 할 겨를이 없었다. 그래서 치원은 갈중영에게 손을 내밀었다. 갈중영은 계항배가 커서 매번 질 때마다 반만 마시고 반은 오설향이 마시도록 했다. 그래도 윤치원은 개의치 않았다. 그러나 고아백이 질 때는 재빨리 대신 술을 부어서 아백에게 주었다.

"자네는 주량이 세니까 직접 마시게."

아백은 그 잔을 받아 들고 마시려고 했다. 그런데 갑자기 요문군이 비집고 나와 한 손으로 그 잔을 붙잡았다.

"천천히 마셔요! 다른 사람들은 대신 마시는데 왜 우리는 대신 마시면 안 된다는 거죠? 가져와요!"

"내가 마셔. 지금 마셔야 돼."

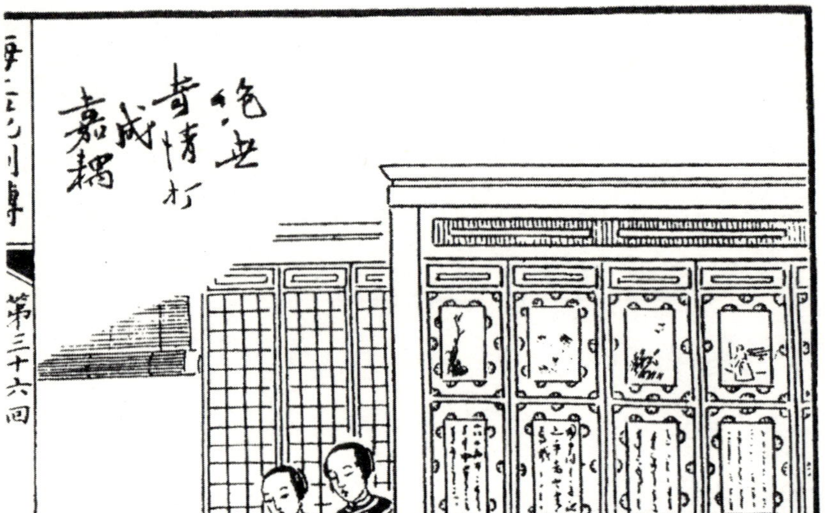
絕世
奇情打
成
嘉耦
第三十六回
二十二

"술을 마시려면 나중에 술자리가 끝나고 나서 혼자 마셔요. 지금은 대신 마셔야죠!"

요문군은 아백의 소매를 잡아당겼다. 아백은 미처 손을 떼지 못해 '쨍그랑' 하고 백정요(白定窯)[2]를 본떠 만든 계항배를 깨뜨리고 말았다. 그 바람에 아백의 온몸에 술이 튀었다. 순간 술자리의 사람들은 모두 깜짝 놀랐다. 전자강과 황취봉의 밀담도 멈칫했다. 술자리 시중을 드는 아주머니는 잔의 파편을 주워 담고 수건을 짜서 고아백의 비단옷을 닦아주었다. 윤치원도 깜짝 놀라서 연신 다독거렸다.

"대신 마셔. 대신 마셔도 돼. 싸움은 나중에 둘이 있을 때 해. 난 놀랄 일은 감당 못해!"

그리고 얼른 술잔에 술을 부어서 요문군에게 주었다. 문군이 단숨에 마시자 치원은 갈채를 보냈다. 전자강은 윤치원의 말이 이해가 되지 않아 의아해하며 물었다. 그러자 치원이 말했다.

"자네 모르긴 뭘 몰라. 저 두 사람은 싸우다가 됐잖아. 처음에는 저 정도는 아니었어. 한 번 싸울 때마다 사이가 더 좋아지더니 지금은 떨어지질 않아."

"굳이 왜 싸우려고 해?"

"난들 어떻게 알겠나. 한마디라도 서로 맞지 않으면 싸우는 거지. 싸워도 다들 안 말려. 싸우고 나면 또다시 사이가 좋아지니까. 이런 꼬맹이들은 정말 짜증난다니까!"

문군은 콧방귀를 끼며 치원을 흘겨보았다.

"우리가 꼬맹이면 당신은 몇 살이죠?"

치원은 말이 나오는 대로 뱉었다.

"나이로 치자면 몇 살 안 되지만 그래도 쓸모는 있지! 한 번 보겠어?"

문군이 '아휴' 소리 내며 말했다.

"너를 데려와 이만큼 키웠더니 흥정도 할 수 있구나! 누가 너를 이렇게 똑똑하게 가르쳤대?"

서로 농담을 주고받는 사이에 고아백이 전자강에게 져서 요문군이 두 잔을 더 마시게 되었다. 전자강은 파죽지세로 연거푸 이기더니 세 잔을 남겨놓고 화철미를 부르고 뒤로 물러났다. 이 판이 끝나자 기녀들은 떠나가고 윤치원은 스무 잔에서 반을 줄여 열 잔을 깔았다. 갈중영과 전자강은 둘이 합쳐서 열 잔을 깔았다. 고아백이 도옥보를 돌아보니, 데면데면 술을 마시고 흥겨워 보이지 않았다. 그래서 식사를 하기 위해 술자리를 물렸다. 도옥보는 떠나가면서 다음 날 약속을 다시 한번 챙겼다. 고아백은 대답을 하고 계단까지 그를 배웅해주었다.

도옥보는 동흥리 이수방의 집으로 돌아왔다. 그는 응접실 앞까지 와서 가마에서 내려 천천히 방으로 걸어 들어갔다. 방안은 어두웠다. 화장대 위 등만 켜져 있고 침대 앞 진홍색 비단 휘장이 겹겹이 내려져 있었다. 이수저와 아초가 방에서 시중을 들고 있었다. 옥보는 작은 소리로 수방의 상태가 어떤지를 물었다. 수저는 대답은 하지 않고 손짓으로 침상을 가리켰다. 옥보는 서양식 수촉을 가져와 불을 붙여서 휘장을 걷어 올리고 보았다. 이수방이 쌕쌕 숨을 몰아쉬고 있었다. 잠든 듯만 듯했는데 이전에 아플 때와는 달랐다. 옥보가 수촉을 들고 얼굴색을 살피자 수방은 눈을 뜨고 말없이 옥보를 바라보기만 했다. 옥보는 그녀의 이마를 짚어보고 손바닥을 만져보니 미열이 있었다.

"괜찮아?"

수방은 한참 뒤에 겨우 '아니요'라고만 대답했다.

"어디가 불편한 것 같아?"

수방은 또 한참 있다 대답했다.

"걱정하지 말아요. 괜찮아요."

옥보는 휘장 밖으로 나오며 수촉의 불을 끄고 수저에게 물었다.

"저녁은 먹었어요?"

"한참을 죽 좀 먹어보라고 하니까 겨우 한 모금만 먹고, 밥 한 톨도 넘기지 못했어요."

옥보는 그 말을 듣고 수저와 서로 바라보며 아무 말 없이 한참을 있었다. 갑자기 침대에서 수방이 '엄마' 하고 불렀다.

"엄마는 아편이나 피우러 가세요."

"알았다. 너도 자."

마침 이완방이 술자리에 갔다가 돌아오자마자 언니를 보

러 왔다. 이완방은 이수저와 도옥보가 같이 있는 것을 보고 언니의 병이 위중한 줄 알고 깜짝 놀랐다. 옥보는 손을 내저으며 조용히 말했다.

"언니는 잠들었어."

완방은 그제야 마음을 놓고 옷을 갈아입으러 건넛방으로 갔다. 수방은 또 침대에서 '엄마' 하고 불렀다.

"엄마, 어서 가세요."

"그래, 갈게."

수저는 옥보를 보며 물었다.

"잠시 뒤쪽으로 오시겠어요?"

옥보는 방에 아무 일도 없다고 생각되어 아초에게 당부를 하고 수저와 함께 뒤쪽으로 돌아 수저의 방으로 건너갔다. 두 사람은 자리에 앉았다. 그러자 수저가 말을 꺼냈다.

"둘째 도련님, 뭐 좀 물어볼 게 있어요. 지난 번 아플 때는 본인이 초조해져서 말만 하면 울더니 지금은 한 마디도 하지 않고 물어보면 입을 다문 채 우는 것 같은데 눈물은 없어요. 왜일까요?"

옥보가 고개를 끄덕이며 말했다.

"이전과 다르다고 말하려던 참이었어요. 내일 선생에게 여쭤봐야죠."

"둘째 도련님, 그 애가 어렸을 때 향 피우러 성황묘에 갔다가 거지들에게 둘러싸여 아주 놀란 적이 있었어요. 지금 도사에게 삼일기도를 청해 성황할아버지께 도움을 구하면 어떨까요?"

"그것도 괜찮겠죠."

그때 이완방도 옥보를 찾아 뛰어들어 왔다. 옥보가 물었다.

"방에 누가 있니?"

"아초가 있어요."

수저가 완방에게 말했다.

"그러면 너도 가서 도와줘."

옥보는 완방이 머뭇거리는 것을 보고 일어났다. 그리고 수저에게 인사를 하고 완방의 손을 잡고 수방의 방으로 들어갔다. 발소리를 죽이며 침대 앞까지 걸어가서 완방을 안아 함께 가죽의자에 앉았다. 아초는 그 틈에 잠시 밖으로 빠져나갔다. 그러자 순간 조용해졌다. 완방은 옥보에게 안겨 멍한 표정으로 쳐다보며 생각에 잠긴 듯 손톱을 물어뜯고 있었다. 옥보는 그냥 가만히 완방을 쳐다보았다. 완방의 눈가가 점점 붉어지고 수정처럼 눈동자가 반짝거렸다. 옥보는 황급히 어깨를 툭 치고 웃으며 물었다.

"너 무슨 억울한 일이라도 생각하고 있는 거야?"

완방도 웃음이 터져 나왔다. 아초는 밖에서 제대로 듣지 못하고 옥보가 부르는 소리인 줄로만 알고 대답하며 들어갔다. 옥보가 말했다.

"아무 일도 아니야."

아초가 돌아서서 나가려고 하였다. 그런데 뜻밖에 수방이 아직 잠들지 않고 있었다. 그녀가 '아초' 하고 불렀다.

"일 끝났으면 자러 가."

아초는 대답을 하고 옥보에게 물었다.

"죽 드시겠어요?"

"아니."

아초는 찻잎만 다시 넣었다. 수방이 완방을 불렀다.

"너도 가서 자."

완방은 가지 않으려고 버텼다. 그러자 옥보가 그녀를 보내려고 구실을 만들었다.

"어젯밤에 네가 소란을 피우는 바람에 언니가 병이 났잖아. 또다시 여기서 잔다고 하면 엄마가 한소리 할 거야."

마침 아초가 찻주전자를 들고 오면서 완방을 불렀다.

"엄마가 자러 가래요."

완방은 어쩔 수 없어 아초와 함께 나갔다. 옥보는 자지 않고 지켜보고 있다가 수방이 불안해할까 봐 마지못해 방문을 걸어 잠그고 바깥 침대에 누워서 자는 척했다. 수방이 뒤척이기만 해도 세심하고 극진하게 보살폈다.

날이 밝아올 때 수방은 새근거리는 숨소리를 내며 잠이 들었다. 옥보도 그제야 잠깐 눈을 붙여보려고 하였다. 그러나 밖에서 남자 하인이 왔다 갔다 하는 바람에 잠이 깨고 말았다. 수방은 옥보에게 잠을 더 청했다.

"더 자요."

옥보는 핑계를 대며 거절했다.

"다 잤어."

옥보는 수방이 조금 호전된 기미가 보이고 어제보다 짜증을 덜 내는 것 같아 이른 아침 아무도 없는 틈을 타서 자상하게 물었다.

"마음에 들지 않는 게 또 있으면 말해줄래?"

수방이 냉소를 지으며 말했다.

"내 마음이 좋을 리 없는데 당신도 물어볼 필요 없어요!"

"만약 별다른 게 없고 병 다 나으면 성안에 좋은 집을 세내어 당신 어머니와 함께 이사 가자. 기루는 회계 선생에게 맡겨놓고 당신 동생이 같이 관리하게 하면 되잖아. 어때?"

가만히 듣던 수방은 그의 의견에 완강하게 반대하며 '쿨럭' 기침을 했다. 수방의 마음은 더욱 언짢아졌다. 옥보는 당황하여 멋쩍게 웃으며 자기가 잘못했다고 인정했다. 수방은 더욱 화를 내었다.

"누가 당신이 잘못했다고 했어요?"

옥보는 얼버무릴 새 없이 몸을 돌려 방문 쪽으로 가서 문을 열고 아주머니 대아금을 불렀다. 뜻밖에 일찍 일어난 완방이 뒤에서 뛰어나와 '형부' 하고 불렀다. 그리고 언니의 병세를 물어보고 호전된 것을 알고 역시 기뻐했다. 아초는 일어나서 대아금과 함께 대충 정리를 하였다. 옥보는 초대장 두 장을 남자 하인에게 주며 고아백과 전자강 두 사람을 청하라고 했다.

정오쯤, 전자강이 고아백을 데리고 왔다. 옥보는 그들을 맞이하며 건넛방 이완방의 방으로 모셨다. 서로 인사를 하고 자리에 앉자 차가 나왔다. 고아백이 먼저 입을 열었다.

"상해에 진료를 하려고 온 것은 아니네만, 자강 형님께서 특별히 부탁을 하시니 감히 거절할 수 없어서 그 뜻을 받아들였네. 진맥을 하고 나서 다시 이야기 나누세."

도옥보는 '예, 예' 하며 그 뜻을 따랐다. 아초는 재빠르게 정리를 해놓고 옥보를 모셨다. 옥보는 이완방에게 전자강을 모시도록 당부하고 고아백과 함께 이수방의 방으로 갔다. 수방은 희미한 목소리로 '고 나리' 하고 인사를 하며 손을 뻗어 서양식 작은 베개를 아래쪽에 놓았다. 아백은 침대 가장자리에 걸터앉아 조용히 호흡을 가다듬고 세심하게 진맥을 했다. 왼쪽, 오른쪽 양손 모두 진맥을 하고 나서 창문 주렴을 걷어 올리고 설태를 살펴보고 나서 건넛방으로 갔다. 이완방이 직접 붓, 벼루, 시첩을 탁자 위에 가지런히 늘어놓자 아초는 먹을 갈기 시작했다. 전자강은 한쪽으로 물러났다. 도옥보는 고아백을 자리로 안내하고 이야기를 해주었다.

"수방의 병은 작년 구월에 시작되었습니다. 감기에 걸려 몇 번 한열이 있긴 했지만 그렇게 심하지는 않았습니다. 금년 봄부터 안 좋아지기 시작했는데 좋아졌다가 다시 나빠지고, 늘 병을 달고 있었습니다만, 그렇다고 해서 한열은 아닌 것 같았습니다. 식욕이 없어지면서 식사량도 점점 줄어들고 때로는 전혀 먹지를 못하다 보니 앙상하게 야위었지요. 이번 여름 오뉴월에 조금 나아지는 듯싶었습니다. 열은 여전히 조금 있지만 못 일어날 정도는 아니었으니까요. 수방 자신도 조금 나아졌다고 기분이 좋아져서 그저께 마차를 타고 명원에 갔는데, 다녀온 뒤 어제 드러눕고 말았습니다. 기력이 전혀 없습니다. 마음이 초조해질 때는 거칠게 숨을 쉬고, 정신이 혼미할 때는 물어봐도 한마디 대답도 못합니다. 하루 종일 먹는 거라곤 죽 반 그릇인데 그것도 가래로 변해버리고, 밤에는 잠을 자지 못하고 잠들 때도 식은땀을 흘립니다. 자기도 안 좋다고 느끼는지 자꾸 울려고만 하니 어떻게 해야 할지 모르겠습니다."

"폐결핵 증상이네. 작년 구월에 병이 났을 때 '보중익기탕(補中益氣湯)'을 먹였더라면 전혀 문제 없었을 텐데. 한열이라고 생각한 것도 일을 그르치게 했어. 지금 이 병은 마차를 탄 것 때문에 생긴 게 아니네. 어차피 재발할 거였어. 선천적으로 허약해서 그래. 기혈이 부족하고, 비위가 원래 약하기 때문이지. 그러나 비위가 약하다고 폐병에 걸리는 건 아니야. 아마도 이 사람은 틀림없이 아주 총명한데다 과도하게 신경을 써서 근심걱정이 쌓이다 보니 비위가 크게 상했을 거야. 비위가 상하면 야위어지고, 사지는 힘이 없고, 기침하고 가래가 끓고, 위에 신물이 고여 트림을 하고, 음식이 적게 들어가고, 오한과 신열이 왔다 갔다 하지. 이것을 폐결핵이라고 하네. 그다음부터는 어찌 비위뿐이겠는가. 심장과 신장도 많이 상하게 되지. 짜증을 내고 식은땀을 흘리는 것도 바로 그 증세 중 하나야. 그러다가 며칠 지나면 허리와 무릎이 시리고 아프고, 심장이 두근거리고, 악몽으로 잠을 제대로 못 자게 돼. 여기저기 이상이 생길 것이네"

옥보가 그의 말을 자르며 말했다.

"맞아요. 지금 이런 증상이 있어요. 잠을 자면 늘 깜짝깜짝 놀라 소리 지르고 깨어나서는 꿈을 꾸었다고 해요. 허리와 무릎 아픈 건 한참 됐습니다."

아백은 붓을 들고 먹물을 찍고 나서 잠시 생각해보더니 말했다.

"위가 이미 약해졌으니 약 먹는 것도 어려울 거야."

옥보가 미간을 찌푸리며 말했다.

"맞아요. 제일 안 좋은 버릇이 병을 감추고 진료를 거부하는 겁니다. 의사 선생을 청해서 처방을 받아 서너 첩 먹고 조금 나아졌다 싶으면 더 이상 안 먹고 환약은 아예 먹지 않아요."

그러자 고아백은 재빠르게 붓을 휘갈기며 처방전을 썼다. 위쪽에는 진맥에 대한 의견을 쓰고 아래쪽에는 약제를 열거하면서 섞으라든지 볶으라든지 하나하나 설명을 덧붙인 다음 도옥보에게 주었다. 전자강도 다가와 탁자에 기대어 함께 보았다. 이완방은 재미있는 게 있는 줄 알고 옥보의 팔을 잡아 당기며 보려고 했다. 그러나 흘겨 쓴 서체만 종이 위에 가득한 것을 보고 그만두었다. 옥보는 대충 눈으로 훑어보고 두 손을 맞잡고 감사의 인사를 하며 또다시 물었다.

"또 여쭤볼 게 있습니다. 아프면 울기도 잘하고 초조해하기도 했는데 지금은 울지도 않고 초조해하지도 않아요. 혹시 증상이 바뀐 건가요?"

"아닐세. 이전에는 초조했던 거고, 지금은 혼미하고 나른해서야. 모두 심장에서 생긴 병이야. 만약 근심걱정이 없고 몸조리만 잘할 수 있다면, 약 먹는 것보다 훨씬 낫지."

자강도 물었다.

"이 병은 나을 수는 있는가?"

"낫지 않는 병은 없어. 그런데 병을 오래 끌면 회복도 좀 늦어져. 지금 당장 한 달은 괜찮아. 대략 추분이 지나면 가닥이 잡힐 텐데, 완전히 나을지는 그때 알 수 있을 거야."

도옥보는 이 말을 듣고 잠시 멍해졌다. 정신을 차리고 고아백과 전자강을 편히 앉도록 청하고 직접 처방전을 이수저의 방으로 가져갔다. 수저가 막 일어나 침상에 앉아 있었다. 옥보는 처방전과 약제를 읽어주었다. 그리고 고아백과 나눴던 대화도 전해주었다. 이수저도 멍해졌다.

"도련님, 이제 어쩌죠?"

옥보는 아무 말도 못하고 그 자리에서 멍하니 서 있었다. 바깥에서는 술자리 준비를 마치고 물수건만 기다리고 있었다. 대아금이 '둘째 도련님' 하고 부르자 그제야 옥보는 처방전을 내려놓고 나갔다.

1 원문에서는 '把勢里'라고 되어 있다. '把勢'의 의미는 많지만, 여기서는 직업으로 기녀를 택한 이들이 모여든 곳을 의미한다.

2 정요(定窯)는 송(宋)나라 때 정주(定州)에서 만든 자기이다.

37

잘난 제자는 스승의 가르침을 잘못 받아 참혹하게 벌을 받고, 새파란 허풍쟁이는 몰래 계집질하다 엉겁결에 빚을 덮어쓰다

慘受刑高足枉投師 強借債闊毛私狎妓

도옥보는 고아백과 전자강을 이완방의 방으로 안내하며 자리를 권했다. 세 사람은 대작을 하며 가벼운 이야기를 나누었다. 다른 손님이 없기도 하지만 따로 기녀도 부르지 않았다. 이완방이 비파의 현을 조율하고 노래를 부르려고 하자 고아백이 말했다.

"그럴 필요 없다."

그러자 전자강이 말했다.

"아백 형님은 대곡을 좋아하니 대곡 한 곡 불러보거라. 피리는 내가 대신 불어줄 테니."

아초가 피리를 올렸다. 전자강은 피리를 불고 이완방은 〈소연(小宴)〉[1] 중 '천담운한(天淡雲閑)'[2] 두 소절을 불렀다. 고아백은 뜻밖에도 흥이 나서 그 자신도 〈상하(賞荷)〉[3] 중 '좌대남훈(坐對南薰)'[4] 두 소절을 이어 불렀다. 전자강이 도옥보에게 물었다.

"노래하는 것 좋아하는가?"

"목소리가 별로 좋지 않아요. 제가 피리를 불겠으니 노래하십시오."

자강은 피리를 건네주며 〈남포(南浦)〉[5]를 불렀다. 마지막으로 '가없는 이별의 정, 부부가 된 지 두 달 만에 하루아침에 홀로 남았네'라는 소절을 모두 끝내자, 고아백이 갈채를 보냈다. 영리한 이완방은 큰 술잔에 술을 가득 따라 아백에게 올렸다. 아백은 도옥보가 술 마실 기분이 아니라는 것을 알기에 이 잔을 비우고 밥을 먹으려고 했다. 옥보는 송구스러운 마음에 다시 큰 잔으로 세 번 연이어 권했다.

잠시 후 술자리를 끝내고 손님들이 일어나니 도옥보는 응접실까지 배웅하고 다시 종종걸음으로 안으로 들어갔다. 고아백은 전자강과 나란히 동흥리를 걸어 나왔다. 걸어가며 아백이 자강에게 물었다.

"난 도무지 모르겠네. 이수방의 생모나 형제자매, 게다가 도옥보까지 모두 잘해줘서 불만족스러운 게 없을 텐데, 왜 이런 병이 생겼을까?"

자강은 대답도 하기 전에 먼저 한숨부터 지었다.

"이수방 그 사람은 기루에서 살지 말아야 했어. 이게 모두 생모 잘못이야. 기루를 열었으니까 안 할 수는 없었어. 그래도 오직 옥보 한 사람만 만나며 그에게 시집가려고 했지. 만약에 옥보가 첩으로 데려가려고 했으면 수방도 굳이 마다하지는 않았을 거야. 옥보가 정실로만 생각하니 이번에는 그쪽 백부, 숙부, 형, 형수, 이부, 외삼촌, 모든 친척들이 반대하고 나섰지. 말인즉 기녀를 정실로 삼으면 체면이 서지 않는다는 거야. 수방이 그 사실을 알게 되었어. 수방도 처음부터 기녀가 되고 싶었던 것도 아니고 실제로 기녀로 살아가는 것 같지도 않지만, 모두 기녀라고 하니 자신 스스로도 '난 기녀가 아니다'라고 당당하게 말할 수 있겠나? 그렇게 기가 억눌려져서 병이 생겨난 거야."

아백 역시 한숨을 쉬었다. 두 사람은 이야기를 나누며 걸어가다 마침 상인리 입구에 이르게 되었다. 고아백은 다른 일이 있어서 인사를 하고 전자강과 헤어졌다.

전자강은 혼자 골목을 들어섰다. 황취봉의 집 가까이 가니 앞에 어떤 기녀가 아주머니의 부축을 받으며 담벼락을 따라 걸어가고 있었다. 자강은 처음에는 무심하게 보다가 집 앞에 이르러서야 제금화라는 것을 알게 되었다. 금화는 '전 나리' 하며 인사를 하고 뒤쪽에 있는 황이저의 작은 방으로 들어갔다. 자강이 이 층으로 올라가자 황주봉, 황금봉이 서로 다투듯 맞이하며 '형부' 하고 부르며 방으로 몰려들어 갔다. 황취봉이 물었다.

"제금화는 어디 있어요?"

자강이 대답했다.

"아래층에."

금봉은 자강에게 비밀스러운 용무가 있을 것임을 염려하여 일부러 제금화를 보러 가는 척하며 주봉을 끌고 아래층으로 피했다. 취봉과 자강이 앉아 잠깐 이야기를 나누고 있는데 괘종시계가 세 번을 울렸다. 자강은 나자부가 매일 오는 것을 알고 있기에 바로 일어났다.

"그래도 잠깐 앉아요. 뭐가 바빠요?"

자강이 머뭇거리는 사이 마침 주봉과 금봉이 제금화와 함께 취봉을 보러 왔다. 자강은 도로 앉지 않고 작별인사를 하고 나갔다. 제금화는 취봉을 보자마자 눈물을 머금고 떨리는 목소리로 '언니' 하고 불렀다.

"며칠 전부터 언니 보러 오려고 했지만 걷지를 못해서 오늘에서야 겨우 올 수 있었어요. 언니 날 좀 살려줘요."

제금화는 이 말을 하다 말고 목이 메었다. 취봉은 도무지 짐작이 가지 않아 물었다.

"무슨 일이야?"

금화는 바지를 걷어 올려 취봉에게 보여주었다. 양쪽 종아리가 시퍼렇게 멍들어 있었다. 모두 가죽채찍 자국이었다. 게다가 밤하늘 별자리처럼 군데군데 시뻘건 피멍까지 들어 있었다. 아편 불쏘시개로 지져낸 상처였다. 취봉은 참담한 마음을 금할 길이 없었다.

"말했잖아. 일을 할 때는 비위를 맞춰야지. 내 말 안 들었으니까 이 지경이 되도록 맞았지!"

"아네요. 우리 엄마는 여기 엄마와 달라요. 일할 때 비위를 안 맞췄다면야 때린다지만 비위를 맞췄는데도 때려요. 이번에는 손님 한 사람이 서너 번 왔다고 엄마가 내가 그 사람한테만 너무 비위를 맞춘다면서 때리잖아요."

취봉은 갑자기 화가 치밀어 올랐다.

"제대로 말은 한 거니?"

"했죠. 언니가 해준 말 그대로 했어요. 일을 하면 절대로 때려서는 안 되고 때리면 일을 안 하겠다고 했죠! 그런데 엄마가 이 말을 듣고 나서 아예 방문을 걸어 잠그고 곽효파를 불러와서 나를 아편침대에 꽁꽁 묶어놓고 날이 샐 때까지 때리면서 그래도 일 안 하겠냐고 으름장을 놓잖아요."

"다그쳐도 넌 절대 일을 안 하겠다고 해야지! 계속 때려도 말이야."

금화는 미간을 찌푸렸다.

"그래도 언니, 너무 아픈데 어떡해요! 하지 않겠다고 말하려고 해도 말이 나오질 않는걸요."

취봉은 냉소를 지으며 말했다.

"아픈 게 무서우면 관리 집안의 마님이나 아가씨나 하지, 뭐

慘受刑
高足
枉投師
第三十七回
二十九

하러 기녀를 한다고 그래?"

금봉과 주봉이 옆에서 비웃었다. 금화는 부끄러워 고개를 숙이고 잠자코 있었다. 취봉이 또 물었다.

"아편은?"

"아편은 한 통 있어요. 조금만 맛봐도 엄청 쓴데 어떻게 들이켜요! 들어보니까, 생아편 먹었다간 창자가 끊어져서 죽을 정도로 정말 괴롭다고 하던데요."

취봉은 금화를 손가락질하며 이를 갈았다.

"이 못난 것!"

취봉은 이 말을 꺼내다 말고 입을 다물었다. 누가 이들 말을 듣고 있을 줄이야, 황이저와 조가모가 그때 마침 바깥 응접실에서 탁자 두 개를 놓고 풀 먹인 홑이불을 펼쳐놓고 깁고 있었다. 황이저는 취봉의 말을 듣다 참지 못하고 방으로 들어와 취봉에게 웃으며 말했다.

"네 능력으로 이 애를 가르치려면 이생에서는 못해내! 생각해봐. 지난 달 초순에 들어갔는데 제십전의 손님이라지 아마, 진 뭐라고 하던데, 술자리 한 번 차려줘서 겨우 체면을 세웠대. 한 달이 넘어도 손님 하나에 마른안주만 시키고 세 번을 차 마시러 왔다는 거야. 누가 알았겠어. 이 손님이 글쎄 얘 애인이었다는 거야. 양화점 계산대에서 일하는 모양인데 저녁 먹고 나서 열두 시가 되어서야 간다는 거야. 그래서 그 가게 주인이 불평을 하니까 제삼저가 때렸던 거지."

취봉이 말했다.

"술자리는 없었어요? 몇 번 나갔대요?"

황이저는 양손을 다 펴 보이며 웃으며 말했다.

"모두 마른안주가 다야. 어디서 불러주겠어!"

취봉은 갑자기 벌떡 일어나 금화에게 물었다.

"한 달 넘는 동안 일 원 벌었다고? 네 엄마보고 똥이나 먹으라는 거냐?"

금화는 감히 대답할 엄두를 내지 못했다. 취봉은 계속 몇 마디 묻다가 금화의 머리를 밀었다.

"말해봐! 네 엄마더러 똥이나 먹으라는 거냐? 차라리 광대를 찾아 애인으로 삼지 그래?"

황이저는 취봉을 달랬다.

"그 애한테 말해서 뭐해?"

취봉은 화가 나서 눈을 부릅뜨고 소리를 질렀다.

"제삼저 이 쓸모없는 사람! 힘이 있으면 죽을 때까지 때려야지! 아주 대놓고 돈을 물어내라고 해야지!"

황이저는 발을 구르며 말렸다.

"됐어!"

그리곤 취봉을 진정시키고 앉혔다. 취봉은 손으로 탁자를 내리치며 말했다.

"당장 쫓아내! 보고 있으면 열만 받아."

황취봉이 이 말을 하며 더 세게 내리치자 금을 상감한 대모

(玳瑁)[6] 팔찌가 세 동강이 났다. 황이저가 '윽' 소리를 냈다.

"이런, 불길하게!"

황이저는 재빨리 금봉에게 눈짓을 했다. 금봉은 금화를 데리고 건넛방으로 가려고 했지만 금화는 볼 낯이 없어 돌아가려고 했다. 황이저 역시 말리지 않았다. 도리어 정이 많은 금봉이 안타까워하며 뜰 앞까지 바래다주었다. 마침 입구에서 나자부가 가마에서 내리고 있었다. 금화는 부딪히지 않으려고 한쪽으로 피해 숨었다. 자부가 들어가자 금봉과 인사를 하고 아주머니의 손을 잡고 천천히 상인리를 빠져나갔다. 그리고 보선가 동쪽 동기반가 회춘당 옆 득선당으로 돌아갔다.

제금화는 불운이 덮치는 거야 어찌할 순 없겠지만 그저 제삼저가 더 이상 심문하지 않고, 그럭저럭 편안하게 지낼 수 있기만을 바랄 뿐이었다.

그런데 뜻밖에 다음 날 식사를 마친 후 금화가 응접실에 앉아 남자 하인들과 욕설을 섞어가며 떠들고 웃으며 놀고 있는데, 갑자기 곽효파가 손으로 더듬어가며 문 앞까지 와서 손짓으로 금화를 불렀다. 금화는 깜짝 놀라며 황급히 갔다. 곽효파가 말했다.

"아주 좋은 손님이 두 사람 있는데, 내가 중매를 설 테니 이번에는 비위를 잘 맞춰봐, 알았지?"

"손님이 어디에 있어요?"

"어디긴, 여기 있지."

금화가 고개를 들어 보니 한 사람은 깡마른 젊은 사람이고 또 수염 난 한 사람은 한쪽 다리를 절고 있었다. 모두 설청색 관사(官紗)[7] 장삼을 입고 있었다. 금화가 그들을 맞이하며 방으로 안내하고 나서 이름을 물었다. 젊은 사람은 장 씨이고 수염이 있는 사람은 주 씨라고 했다. 모두 금화가 모르는 사람들이었다. 곽효파도 장소촌 한 사람만 알고 있었다. 남자 하인이 마른안주를 들고 왔다. 금화는 늘 하던 대로 마른안주를 올리고 아편 침대로 가서 아편에 불을 붙였다. 곽효파는 장소촌에게 바짝 다가가 조용히 말했다.

"저 애는 내 외질녀인데 잘 좀 보살펴줘. 돈은 되는 대로 줘도 돼."

소촌은 고개를 끄덕였다. 곽효파가 말했다.

"술자리를 준비하라고 해?"

장소촌은 정색을 하며 말렸다. 곽효파는 잠깐 머뭇거리다 다시 말했다.

"그러면 옆에 있는 친구에게 물어볼까?"

소촌이 곽효파에게 되물었다.

"이 친구 알아요?"

곽효파가 고개를 저었다. 소촌이 말해주었다.

"주소화라고 해요."

곽효파는 그 이름을 듣고 그만 얼굴이 굳어져서 슬그머니 빠져나갔다. 금화는 아편을 채워서 주소화에게 올렸다. 주소화는 아편에 중독되지는 않아서 장소촌에게 먼저 양보했다. 장소촌은 제금화의 얼굴이며, 노래실력이며, 접대하는 걸 봐도 뭐 하나 잘하는 게 없었다. 그래서 그는 아편만 실컷 피우고 주소화와 함께 득선당에서 천천히 걸어 나와 사마로 입구에서 멈춰 섰다. 그는 그곳에서 오고 가는 마차를 보며 화중회에 가서 차를 한 잔 시켜놓고 시간을 보내는 것도 괜찮다고 생각했다.

두 사람이 자리를 잡고 앉아 있는데 우연히 혼자 걸어 들어오는 조박재가 눈에 들어왔다. 조박재는 설청색 관사 장삼을 입고 상아담뱃대를 물고 선글라스를 쓰고 있었다. 혈색이 좋은 게 분위기가 예전과 달랐다. 그는 곧장 이 층으로 올라와 두리번거렸다. 소촌은 그에게 빌붙어 볼까 하고 손짓을 했다. 박재는 전혀 알아채지 못하고 뒤쪽 아편방 주위를 빙빙 돌다가 앞쪽 탁자로 걸어와서야 장소촌을 보았다.

"시서생 봤어?"

소촌이 일어나며 말했다.

"서생은 오지 않았는데 그를 찾고 있는 거야? 여기서 잠시 기다려 봐."

박재는 실은 소촌과 교제를 끊을까 했는데 주소화 면전에서 자랑을 하려고 자리에 앉았다. 소촌은 종업원을 불러 다시 차를 따르게 했다. 소화는 직접 종이 불쏘시개에 불을 붙여서 물담뱃대를 주었다. 박재는 소화가 발을 절뚝절뚝 저는 것을 보고 그 이유를 물었다. 소화가 대답했다.

"이 층에서 떨어져서 다쳤어."

소촌은 박재를 가리키며 소화에게 말했다.

"우리 중에 박재가 운이 제일 좋아. 우리 두 사람은 재수 옴 붙었어. 자네는 다리가 부러지고 난 빈털터리가 되었잖아."

박재는 오송교가 어떻게 지내는지 물었다. 소촌이 말했다.

"송교도 안 좋아. 순포방에 며칠째 갇혀 있다가 최근에 나왔어. 그 아버지가 그에게 돈을 빌리려고 하다가 소란을 피웠는데 외국인들이어서 다행이지. 안 그랬으면 일자리도 잃었을 거야."

소화가 말했다.

"이학정 돌아왔을까?"

소촌이 말했다.

"곽효파가 그러는데 곧 온다고 하더군. 그 숙부가 매독에 걸려 치료 받는다고 상해로 함께 온다고 했어."

박재가 말했다.

"어디서 곽효파를 봤어?"

소촌이 말했다.

"곽효파가 우리 여관으로 찾아와서 자기 외질녀가 요이라면서 나를 청하길래 소화와 함께 가서 마른안주 하나만 시켰지."

소화가 깜짝 놀라며 말했다.

"방금 그 사람이 곽효파였구나. 내가 몰라봤다니, 대단히 큰 실례를 했군! 재작년에 내가 곽효파 유괴 사건 소송을 맡았었어."

소촌은 이제야 알겠다는 듯이 말했다.

"어쩐지 자네를 보고 조금 무서워하더라."

"왜 무서워하지 않겠어! 다시 잡아 감옥에 가둬야 하는데. 고소장도 있어!"

박재는 갑자기 다른 생각이 나서 고개를 갸웃하고 생각하느라 더 이상 말참견을 하지 않았다. 소화와 소촌도 아무 말 하지 않았다. 세 사람은 대여섯 번 차를 우려 마셨다. 날이 저물자, 조박재는 시서생이 노는 곳이 일정하지 않으니 더 이상 찾기 어렵다고 생각했다. 그래서 그는 주소화와 장소촌에게 작별인사를 하고 화중회를 떠났다. 삼마로 정풍리에 있는 집으로 돌아가 누이 조이보에게 시서생을 찾지 못했다고 전해주었다. 이보가 말했다.

"내일 일찍 그의 집으로 가서 초대해요."

"오지 않는데 그를 초대해서 뭐 하려고? 우리도 여기에 손님들 많잖아."

이보는 언짢은 표정을 지었다.

"손님을 초대하라고 하는데 안 가겠다는 거예요? 배불리 밥 먹고 나가 놀기만 하면 어쩌겠다는 거죠!"

박재는 황급히 말을 바꾸었다.

"갈게. 간다고! 그냥 한번 해본 말이야."

이보는 그제야 화를 풀었다.

지금은 조이보의 인기가 아주 대단하여 매일 밤 술자리가 끊이지 않았다. 술자리에서 남은 작은 요리들은 홍 씨의 방으로 보내졌고 조박재는 실컷 먹고 마시다 곤드레 취해서 침대에 쓰러져 세상천지 모르고 잠이 들었다. 그 스스로는 분명 극락세계라고 여겼을 것이다.

그다음 날 조박재는 누이의 명을 받들고 직접 시서생을 초대하러 남시로 갔다. 그러나 서생은 집에 없어서 초대장만 전했다. 조박재는 지금 돌아가서 말해주면 분명 누이가 일을 못한다고 타박할 것이니 차라리 왕아이의 집으로 가서 옛 애인을 만나는 게 낫겠다고 생각했다. 신가 입구에 다다르자 지난번 횡포에 이마가 깨졌기 때문에 이번에는 특별히 조심하려고 우선 이웃집 곽효파를 방문하여 곽효파를 앞장세우고 언제든지 도망갈 준비를 했다. 곽효파는 하늘에서 떨어진 것처럼 반색을 하며 그를 맞이하였다. 그리곤 뒤쪽 방에서 잠시 기다리라고 하고 직접 왕아이를 부르러 갔다.

왕아이가 박재를 보고 눈웃음을 지으며 살랑살랑 앞으로 다가와 '오빠' 하고 애교 섞인 목소리로 불렀다.

"방으로 가세요."

"여기서 해."

조박재는 푸른 비단 장삼을 벗어 대나무 옷걸이에 걸었다.

왕아이는 곽효파에게 늙은 아주머니에게 알리라고 하고 박재를 밀며 침대에 앉혔다. 그녀는 박재 위에 앉아 목을 끌어안았다.

"난 늘 당신 생각만 했는데 당신은 돈 벌었다고 내 생각도 안 하고, 안 할래요!"

박재는 두 손으로 꼭 껴안으며 물었다.

"장 선생 왔었어?"

"또 장 선생이야. 빈털터리 됐잖아요! 우리한테 진 빚이 십 원이 넘어도 한 푼도 갚지 못하고 있어요."

박재가 어제 소촌을 만났던 이야기를 해주었다. 왕아이는 벌떡 일어나 말했다.

"돈만 있으면 요이와 붙어먹으려고 해! 내일 따지러 가야겠어요!"

박재는 그녀를 진정시켰다.

"가더라도 내 이야기는 꺼내지 마!"

"당신 일 아니니까 걱정 말아요."

그때 늙은 아주머니가 아편과 차를 갖다주고 다시 옆방으로 돌아가 빈방을 지켰다. 곽효파는 바깥에서 두 사람의 말소리가 들리지 않자 이미 항구로 들어갔다는 것을 알고 다른 사람이 그 둘을 방해하지 못하게 직접 문 앞에서 망을 보았다. 잠시 후, 갑자기 뒤쪽 방에서 자박자박 발걸음 소리가 들려왔다. 무슨 일인지 몰라 안으로 들어가 보니 조박재는 장삼을 입으려고 하고 왕아이는 빼앗으려고 하며 서로 한데 엉켜 실랑이를 벌이고 있었다. 곽효파가 말리며 말했다.

"왜 그렇게 서둘러요?"

왕아이가 성난 목소리로 일러바쳤다.

"내가 십 원을 빌려주면 그걸 아편값으로 칠 테니 어떻겠냐고 물었더니 글쎄 줄 돈이 없다며 갑자기 가겠다고 일어나잖아요."

박재는 봐달라며 애원했다.

"지금 나한테는 돈이 없으니까 나중에 가져올게. 됐지?"

왕아이는 박재의 말을 무시하며 계속 말했다.

"그렇다면 장삼은 여기에 두고 십 원 가지고 오면 그때 가져가요."

박재는 속이 타서 발을 동동거리며 말했다.

"네가 내 명을 재촉하는구나! 나는 집에 가서 뭐라고 말을 해?"

곽효파는 이래저래 달래가며 자기가 보증을 서겠으니 박재에게 날짜를 정하라고 했다. 박재가 월말로 정하자 곽효파가 말했다.

"월말이라도 괜찮아요. 월말에 꼭 가져와야 해요."

왕아이는 장삼을 돌려주며 한 번 더 못을 박았다.

"월말에 가져오지 않으면 내가 정풍리로 찾아가서 따질 거예요."

強借債
濶毛私
押妝

박재는 연신 대답을 하고 얼른 도망치듯 빠져나왔다. 걸어가는 동안 생각해보니 후회스럽기도 하고 원망스럽기도 하지만 어떻게 할 방법이 없었다. 정풍리 입구에 이르러 멀리서 보니 집 앞에 고급 가마 두 대가 있고 백마 한 필이 매어 있었다. 응접실로 들어서니 집사 한 명이 교의에 앉아 있고 네 명의 가마꾼은 양쪽으로 나란히 앉아 있었다. 박재가 이 층으로 올라가 시서생 초대 건을 전하려고 하는데, 마침 조이보가 손님을 모시고 한담을 나누고 있어서 감히 끼어들 수가 없었다. 그래서 주렴 사이로 몰래 들여다보았다. 손님 가운데 자신이 알고 있는 사람은 오직 갈중영 한 사람뿐이었다. 낯선 그 손님은 박재 눈에 여태껏 한 번도 본 적이 없다고 생각될 정도로 외모가 준수하고 행동이 반듯했다. 곧바로 아래층 응접실로 조용히 내려가서 그 집사를 뒤쪽 회계실로 불렀다. 물어보니, 주인은 아주 부귀하기로 이름이 난 사삼(史三)공자였다. 본적은 금릉(金陵)이고 한림원 출신으로, 나이는 약관이며 별호는 천연(天然)이었다. 최근에 그는 요양차 잠시 상해에 여행 삼아 와서 대교(大橋)에 있는 크고 쾌적한 서양식 집 한 채를 빌려 그곳에서 매일 두세 명의 친구들과 술잔을 기울이며 마음을 터놓고 이야기를 나누며 보내고 있었다. 다만 보름이 지나도록 그의 마음을 잘 헤아려 술자리에서 시중을 들어주고 즐거움을 나눌 수 있는 이를 만나지 못한 채 꽃피는 아침과 달 밝은 저녁을 마냥 보낼 수만은 없어서 찾아왔다는 것이었다.

박재는 그 말을 듣고 온갖 알랑거리는 말을 쏟아부었다. 집사의 이름을 물어보니 왕 씨로 소왕(小王)으로 불린다는 것을 알게 되었다. 집사는 삼공자의 시중을 들며 돈을 관리하고 있었다. 박재는 그의 환심을 사려고 차와 아편 그리고 간식들을 계속 갖다주었다. 소왕 역시 흐뭇해했다.

등을 올릴 무렵 아주머니 아호가 술자리에 손님을 맞이하기 위해 남자 하인에게 요리를 주문하라고 했다. 박재는 급히 가서 모친 홍 씨에게 따로 고기 요리 네 가지, 주 요리 네 가지를 주문하여 집사를 대접하겠다고 전하자, 홍 씨는 그가 하자는 대로 따랐다. 이 층에서 술자리가 차려지고 나자, 회계실에서도 자리를 마련하여 소왕을 상석으로 모셨다. 박재는 그 아래에 앉아 시중을 들며 흥이 나서 먹고 마시니 빈 잔과 빈 접시만 어지러이 널렸다.

여기와 달리 이 층의 술자리는 화철미와 주애인 두 사람만 초대되어 분위기가 썰렁한 데다 사삼공자는 천성적으로 더운 열기를 싫어하여 오랫동안 앉아 있지 못했다. 기녀들이 모두 떠나가자 네 사람도 함께 자리에서 일어나며 모두들 가마꾼에게 등을 밝히라고 하였다. 소왕도 어쩔 수 없이 서둘러 밥을 먹고 쫓아 나와 서서 기다렸다. 삼공자는 세 사람을 먼저 배웅했다. 그런 다음 소왕은 삼공자가 가마에 오르는 것을 돕고, 자신도 말을 올라타고는 유유히 떠나갔다.

1 곤곡. 청대(淸代) 홍승(洪昇)이 쓴 『장생전(長生殿)』의 곡목 중 하나이다. 『장생전』은 당 현종과 양귀비의 사랑 이야기를 담고 있다.

2 하늘은 맑고 구름은 한가롭다.

3 곤곡. 원대(元代) 고명(高明)이 쓴 『비파기(琵琶記)』의 곡목 중 하나이다. 『비파기』는 채백개(蔡伯喈)와 조오랑(趙五娘)의 사랑 이야기를 담고 있다.

4 '앉아 남풍을 맞으며'라는 뜻이다.

5 『비파기』 곡목 중 하나이다.

6 바다거북의 등딱지로, 공예품 · 장식품 등에 쓰인다.

7 절강 항주와 소흥 일대에서 생산되는 비단으로 날실은 생사로 하고 씨실은 숙실로 짠다. 질감이 얇고 가벼워 주로 여름옷을 만드는 데 사용된다. 옛날에는 조정에 올렸기 때문에 관사(官紗)라고 한다.

38

사공관에서는 어리석은 마음에 혼사가 맺어지기를 고대하고, 산가원에서는 고상한 연회를 만들어 길일을 축하하다

史公館癡心成好事 山家園雅集慶良辰

조박재는 소왕이 채찍질을 하며 골목을 빠져나가는 것을 확인하고 돌아서서 홍 씨를 보러 안으로 들어갔다. 사삼공자의 내력을 말해주니 홍 씨는 아주 기뻐하며 마음을 놓았다. 손님을 초대하러 간 그 일은 덮어두고 꺼내지도 않았다. 그러나 사흘 연이어 날씨가 이상할 정도로 무더웠고 사삼공자도 나타나지 않았다.

그가 떠나간 지 나흘째가 되는 유월 삼십 일, 조박재는 아주 일찍 일어났다. 그리고 몰래 모아두었던 십 원을 챙겨 신가로 가서 곽효파의 집 문을 두들겼다. 그리고 곽효파에게 전달해주며 대신 처리해달라고 했다. 박재는 모친과 누이가 일어나기 전에 서둘러 돌아가 약점을 잡히지 않을 생각이었다. 다만 아교는 매사에 부지런했다. 박재가 문을 들어서니 아교가 응접실에서 헝클어진 머리로 하품을 하며 서 있었다. 박재가 멋쩍어하며 말했다.

"아직 이른데 다시 눈 좀 붙이지 그래."

"일 해야죠."

"내가 도와줄까?"

아교는 집적거리는 줄 알고 고개를 돌리고 무시했다. 그러나 박재는 그녀가 자신에게 관심을 가지고 있다고 생각했다.

정오가 가까이 다가오자 갑자기 서북쪽에서 먹구름이 몰려들더니 순식간에 하늘을 뒤덮었다. 뜨거운 태양을 가리고 번개와 천둥이 치며 하늘에서 물동이를 엎어놓은 듯 비가 쏟아지기 시작했다. 대략 두 시간이 흐른 뒤 비가 그치고 해가 나왔다. 조이보는 치장을 끝내고 옷섶을 열고 시원한 바람을 쐬려고 문을 열었다. 그런데 한 사람이 숨을 헐떡이며 걸어오고 있었다. 그는 얼굴에 땀을 뻘뻘 흘리며 국표를 들고 응접실로 들어왔다. 얼마 후 박재가 이층으로 올라와서 정중하게 알렸다. 말인즉, 삼공자가 조이보를 대교에 있는 사공관으로 부른다는 것이었다. 이보 역시 기뻐하며 가마를 타고 갔다.

이번 부름이 저녁까지 이어져서 결국 집으로 돌아오지 않게 되리라고 그 누가 알았을까. 박재는 걱정스럽고 초조해져서 마침내 직접 찾아가 보려고 했다. 그때 마침 아주머니 아호와

두 명의 가마꾼이 빈 가마로 돌아오고 있었다. 박재는 너무 놀라 눈을 동그랗게 뜨고 다급하게 물었다.

"이보는?"

아호는 오히려 웃음을 참으며 돌아서서 홍 씨에게 전해주었다.

"아가씨는 돌아오지 않을 거예요. 삼공자가 아가씨를 공관으로 초대하여 여름 동안 거기서 쉬라고 했어요. 하루에 열 번 부른 것으로 계산해서 말이죠. 머리 빗는 도구며 옷가지를 지금 가지고 오랍니다."

홍 씨는 달리 할 말이 없었다. 박재는 성을 내며 아호를 나무랐다.

"정말 간이 크네. 아가씨를 내버려두고 돌아와!"

"아가씨가 돌아가라고 했어요."

"다음부터는 조심해. 화를 자초했다간 아주머니 노릇을 계속 해나갈 수 없을 거야."

아호도 언짢은 표정을 지었다.

"너무 조급하게 굴지 말아요. 우리도 사백 원을 투자했다고요! 왜 조심하지 않겠어요! 어릴 때부터 지금까지 살벌한 이곳에서 아주머니로 살아온 사람인데, 가서 한 번 물어봐요. 무슨 화라도 생기냐고 말이죠!"

박재는 더 이상 대꾸하지 못하고 조용히 있다가 물러갔다. 홍 씨가 끼어들었다.

"저 애 말 듣지 말고 어서 짐 챙겨서 가."

아호는 구시렁거리며 이 층으로 올라가 서양 보자기를 찾아 두 개로 나누어 싸고는 홍 씨에게 인사하고 갔다.

박재는 마음이 불안하여 밤새 잠을 이루지 못하고 다시 모친과 상의한 끝에 달고 수분이 많은 복숭아와 신선한 여지를 가득 사서 광주리에 포장하여 살피러 가기로 했다. 인력거를 불러 대교 어귀를 지나 구불구불한 길을 물어가며 사공관 문 앞까지 갔다. 과연 아주 큰 서양식 저택이었다. 입구 양쪽으로 사각진 얼굴과 큰 귀에 가슴이 나오고 배가 불룩한 네다섯 명이 마치 군관들처럼 모두 검은 가죽옷을 입고 단화를 신고 등받이 없는 의자에 앉아 막고 있었다. 박재는 여기에 온 이유를 설명했다. 군관들은 기름 부채를 들고 부채질만 하고 전혀 반응을 보이지 않았다. 박재는 몸을 조아리고 나서 반듯이 서서 한참 동안 명을 기다리고 있는데, 갑자기 군관 한 명이 뒤돌아보며 소리쳤다.

"밖에서 기다리고 있으시오."

박재는 '예, 예' 하고 대답을 하며 담장 밖으로 물러났다. 거리에 내리쬐는 태양을 받고 있으니 얼굴이 벌겋게 달아오르고 입술이 바짝바짝 말라갔다. 다행히 어제 쪽지를 들고 찾아왔던 사람이 말을 천천히 몰고 돌아왔다. 박재가 그 사람에게 다가가서 두 손을 마주 잡고 인사를 하며 소왕에게 알려달라고 부탁했으나 박재를 한 번 흘낏 훑어보고 가버릴 뿐이었다.

史公館痴心成好事
海上花列傳
第三十八回
三十六

잠시 후 열서너 살 되는 아이가 뛰어나오며 큰 소리로 물었다.

"조 씨라는 사람 어디에 있어요?"

박재는 바로 대답하지 않고 조용히 안을 살펴보았다. 군관은 눈을 부릅뜨고 소리쳤다.

"부르잖아요!"

박재는 그제야 대답을 하고 광주리를 들고 가려고 했다. 아이가 붙잡으며 물었다.

"당신이 조 씨예요?"

박재는 그렇다고 대답했다. 그러자 아이가 '저를 따라 오세요.'라며 박재를 안내했다. 박재는 아이 곁에 바싹 따라붙어서 대문을 들어섰다. 그 안은 이 묘(畝)[1] 정도의 넓은 뜰로, 뜰 곳곳에는 아름다운 꽃들이 피어 있었다. 위쪽의 본채는 삼층이고, 양쪽 곁채는 단층이었다. 박재는 오색 자갈이 깔린 석로를 지나 곁채 복도를 지나가는데, 유리창 너머로 많은 사람들이 모자를 벗고 신발을 벗은 채 고담준론을 나누고 있는 모습이 어렴풋이 보였다.

아이는 박재를 데리고 본채 뒤쪽으로 돌아갔다. 그곳에는 단층 건물이 하나 더 있었다. 소왕은 주렴 아래에서 그를 맞이했다. 박재는 황급히 달려가 광주리를 내려놓고 인사를 했다. 소왕은 박재를 침대에 앉게 했다.

"지금 내려갈 게 아니니까 옷 벗고 아편 피우고 있게."

아이는 차를 내놓았다. 소왕이 아이에게 상황을 살펴보고 오라고 했다.

"내려가서 편지를 드려라."

아이는 대답을 하고 밖으로 나갔다. 소왕이 이어서 말했다.

"셋째 나리가 정말 자네 누이를 좋아하시네. 자네 누이가 양가집 사람 같다고 말이야. 만약 짝이 된다면 정말 자넨 운이 좋아!"

박재는 호응만 했다. 소왕은 만나면 갖추어야 할 예절에 대해 일러주었고, 박재는 모두 귀담아 들었다. 마침 아이가 창문 너머에서 불렀다. 소왕은 삼공자가 아래층으로 내려왔다는 것을 알고 박재에게 여기에 앉아 있으라고 하고 종종걸음으로 나갔다.

잠시 후, 그는 뛰어와서 주렴을 걷어 올리며 손짓했다. 박재는 광주리를 들고 소왕을 바짝 따라붙어서 본채 주렴 앞까지 돌아 나갔다. 소왕은 광주리를 받아 들고 박재를 데리고 가서 인사를 올리게 했다. 삼공자는 온돌 중간에 걸터앉아 만면에 웃음을 띠고 있었고 옆에는 까까머리 시동이 있었다. 박재가 '삼나리' 하고 부르며, 옆으로 걸어가 앞을 보며 머리를 조아리고 무릎을 꿇으며 인사했다. 삼공자는 고개만 까딱 끄덕일 뿐이었다. 소왕이 앞으로 가서 몇 마디 아뢰니 삼공자는 미간을 찌푸리며 박재에게 말했다.

"무슨 선물을 가지고 온다고!"

박재는 말없이 가만히 있었다. 삼공자는 소왕에게 눈짓을 했다. 소왕은 다리가 짧은 술상을 들고 와 아래쪽에 놓아두고 박재를 앉게 했다.

갑자기 뒤쪽 계단에서 작은 발소리가 나서 보니, 아호가 이보의 손을 잡고 침착하게 걸어와 중문으로 나왔다. 박재는 일어나 숨을 죽이며 감히 똑바로 쳐다볼 수 없었다. 이보가 '오빠' 하며 어머니의 안부 외에는 다른 말은 묻지 않았다. 아호가 끼어들었다.

"그런데 아가씨는 여기가 정말 좋은가 봐요?"

박재는 가만히 있을 수밖에 없었다. 삼공자는 소왕에게 분부했다.

"그와 함께 잠시 밖에 앉았다가 식사를 대접하고 보내도록 해라."

박재는 그 말을 듣고 옆으로 걸어 나와 소왕과 함께 뒤쪽 침실로 왔다. 소왕이 당부의 말을 했다.

"너무 예의 차리지 말고 필요한 게 있으면 말하게. 나는 일이 있어서 잠깐 나갔다 오겠네."

그리고 아이를 불러 방에서 시중을 들게 하고 소왕은 다시 뛰어나갔다.

박재는 혼자 왔다 갔다 했다. 벽에 걸린 시계가 한 시를 알리자 어느 하인이 술상을 가지고 바깥방 탁자 위에 놓았다. 아이는 박재를 그곳으로 청했고 박재는 독작을 했다. 박재는 입술만 살짝 적시고 더 이상 마시지 않았다. 아이는 정중히 술을 권했다. 박재는 차마 거절하지 못해 연거푸 세 잔을 마셨다. 마침 소왕이 뛰어들어 와 술을 남기면 안 된다며 꼭 술병을 비워야 한다고 했다. 그도 직접 한 잔을 부어 같이 마셨다. 박재는 마지못해 억지로 한 잔 마셨다.

마침 이야기를 하려는데 갑자기 까까머리 시동이 소왕을 불렀다. 소왕은 영문을 모른 채 시동과 함께 나갔다. 박재는 식사를 끝내고 얼굴을 씻었다. 소왕이 방으로 돌아오자 빈 광주리를 들며 작별인사를 했다. 소왕이 말했다.

"나리는 잠드셨지만 아가씨가 할 말이 있는 모양이네."

박재는 대답을 하고 소왕을 바짝 따라붙어 본채 주렴 앞으로 돌아 나왔다. 소왕은 그에게 잠시 기다리라고 하고는 말을 전하러 갔다. 잠시 후 시동이 주렴을 걷어 올렸다. 조이보는 아호 손의 부축을 받은 채 문턱에 서서 말했다.

"돌아가서 어머니께 초닷새에 간다고 말씀드려요. 날 부르는 국표가 오거든 소주(蘇州)로 돌아갔다고 해요."

박재는 그러겠다고 대답하고 나갔다. 소왕이 대문까지 바래다주며 말했다.

"며칠 뒤에 놀러 오게나."

박재는 인력거를 타고 정풍리로 돌아왔다. 그리고 그가 보았던 모든 일을 세세하게 어머니께 전해주었다. 홍 씨는 아주 기뻐했다.

초닷새가 되자 조박재는 먼저 취풍원으로 가서 정성을 다해 음식을 만들라고 한 뒤에 복리(福利) 양행으로 가서 외국 설탕과자와 과일들을 샀다. 오후가 되자 소왕이 말을 타고 오는데 그 뒤로 고급관료 가마 두 대와 중간 크기의 가마 한 대가 문 앞에서 멈추었다. 중간 가마에서 아호가 내려 이보를 부축하고 삼공자를 따라 들어왔다. 박재는 다리를 꿇어 인사를 했다. 삼공자는 여전히 고개만 끄덕였다. 이 층 방으로 가자 삼공자가 이보에게 말했다.

"당신 어머니 나오시라고 해."

이보는 아호에게 말했다. 홍 씨는 사실 만나고 싶지 않았지만 거절할 수 없어 특별히 원색 생사로 만든 옷으로 갈아입고 쭈뼛쭈뼛 이 층으로 올라왔다. 그녀는 '삼 나리' 석 자만 부르고도 얼굴이 벌써 붉어져 있었다. 삼공자도 연세와 차린 음식에 대해서만 물었다. 이보는 삼공자에게 말했다.

"잠시 앉아 계세요. 저는 어머니와 함께 내려갈게요."

"특별한 일 아니면 빨리 돌아와."

이보는 '예' 하고 대답하고, 홍 씨의 손을 잡고 함께 아래층 뒤쪽 작은 방으로 갔다. 홍 씨는 그제야 마음을 놓고 이보에게 물었다.

"또 어디 가야 하니?"

"그의 공관으로 돌아가야죠."

"이번에 가면 언제 돌아올 거냐?"

"모르겠어요. 초이레에 산가원 제대인께서 그를 초대했다는데, 나와 같이 가려고 해요. 화원에서 며칠 놀고 나서 다시 말할게요."

홍 씨가 그녀에게 단단히 일렀다.

"너 조심해야 해! 나리들 성질은 좋을 때는 목숨을 내놓을 듯이 좋아하지만 조금만 틀어지면 얼굴을 확 바꾸어버리니까!"

이보는 이 말을 들고 바깥을 한 번 내다보고 문을 닫았다. 그리고 홍 씨 곁에 바짝 붙어 자세하게 말해주었다. 이야기인즉 삼공자는 자기 집 외에 큰집, 작은집의 상속자이며 본가에서는 아내를 얻었으나 아직 자식이 없고, 나머지 두 집의 양어머니가 각각 아내를 얻어 따로 분가시키기로 의논하였지만 삼공자는 맞이할 아내들이 모두 현숙할지 장담할 수 없어 미적거리고 결정을 내리지 못하고 있다는 것이었다.

홍 씨가 나직하지만 다급하게 물었다.

"그러면 너를 데려가겠대?"

"먼저 집에 가서 두 분의 양어머니와 상의해서 한 명이 정해지면 동시에 혼인을 하겠대요. 나더러 일하지 말고 삼 개월만 기다려주면 정리하는 대로 상해로 다시 오겠다고 했어요."

홍 씨는 너무 기뻐서 입을 다물지 못했다. 이보가 또 말을 했다.

"이번에는 오빠가 공관에 오지 않게 해요. 조금 있으면 처남

이 되는데, 체면 깎는 일은 없어야죠. 과일도 사지 말아요. 그곳에 얼마든지 있으니까. 만약 꼭 선물을 하려면 반드시 저와 상의해서 해요."

홍 씨는 한 마디 한 마디에 고개를 끄덕이며 어떤 말도 덧붙이지 않았다. 이보는 해야 할 말들이 더 있었지만 순간 생각이 나지 않았다. 홍 씨가 재촉했다.

"너무 오래 있었어. 그 사람 혼자 있으니까 얼른 가봐."

이보는 뒤뚱거리며 작은 방을 천천히 나갔다. 계단 중간쯤 올라가는데, 창문으로 들여다보니 회계실에서 박재와 소왕은 탑상에 가로 누워 아편을 피우고 있고 아교는 아편침대에 딱 붙어서 시끄럽게 수다를 떨고 있었다. 이보는 화가 치밀어 올랐지만 방으로 돌아갔다. 사삼공자는 이보가 가까이 다가오자 그녀의 옷섶을 당기며 조용히 말했다.

"돌아가자. 또 다른 일 있어?"

이보는 탁자 위에 올려놓은 고기만두를 보고 말했다.

"당신도 우리 음식을 좀 먹어봐요."

"네가 대신 먹어."

이보는 못 들은 척하며 공자의 손을 풀고 아호에게 소왕더러 가마를 준비하라고 했다.

삼공자는 떠나갈 때 마치 신부의 남편처럼 이보에게 대신 작별인사와 감사의 인사를 홍 씨에게 전하게 했다. 홍 씨는 긴장되고 부끄러워 나오지 못하고 사놓은 사탕과자와 과일들을 광주리 한가득 담아 아호에게 가져가라고 했다. 이보가 고개를 돌리며 미간을 찌푸리자 홍 씨가 귀에 대고 말했다.

"여기 둬도 먹을 사람이 없어. 네가 가져가서 아랫사람들에게 주면 되잖아?"

이보는 더 이상 말리지 않고 문을 나서서 삼공자와 함께 가마에 올라탔다. 소왕은 앞에서 몰고 아호는 뒤를 따르며 대교 북쪽 사공관으로 돌아갔다.

문지기 군관들이 정립한 채 맞이했다. 가마꾼들은 가마를 들고 마당으로 들어가 본채 계단 앞에서 멈추었다. 사삼공자와 조이보는 가마에서 내려 거실로 들어가 나란히 앉았다. 삼공자는 아호가 광주리를 들고 오는 것을 보고 물었다.

"무엇이냐?"

아호가 웃었다.

"외국산이에요. 상해 말고는 어디에도 없는 것이지요."

삼공자는 덮개를 열어보고 껄껄 웃었다. 이보는 잣 한 알을 골라내어 껍질을 벗겨 삼공자 입에 갖다 대고 웃었다.

"어쨌든 제 어머니의 작은 성의라고 여기시고 한번 맛보세요."

삼공자는 깜짝 놀라며 엄숙한 표정을 하고 두 손으로 받았다. 이런 삼공자의 모습에 이보와 아호는 웃었다.

삼공자는 까까머리 시동을 불러 자신의 책상 위에 놓인 향연[2] 분재 열 개를 치우고 대신 사탕과자와 과일을 두 접시로 가득 담아 올려놓으라고 했다. 이보는 삼공자가 이처럼 지극 정성을 다하는 것을 보고 감격했다.

하루가 지나 칠월칠석이 되었다. 사삼공자는 일찌감치 소왕에게 필요한 모든 물건을 준비하도록 했다. 조이보는 곱게 화장을 하고 예쁜 옷을 차려입어 더욱 아름다웠다. 열 시가 되자 왕림을 재촉하는 초대장이 연이어 왔다. 삼공자와 이보는 본채 앞에서 가마를 타고 소왕과 아호가 동행했다. 그들은 대마로를 경유하여 니성교를 지나 산가원(山家園)[3] 제공관의 대문 앞에 이르렀다.

문 앞에 있던 사람이 화원으로 안내하는데 길 하나를 지나서야 화원의 정문에 도착했다. 문 위 편액에는 '일립원(一笠園)'이라는 세 글자가 전각으로 새겨져 있었다.

정원사의 안내에 따라 가마는 봉의수각(鳳儀水閣)에서 멈추었다. 고아백과 윤치원이 낭하에서 그들을 맞이했다. 사천연과 조이보는 계단을 올라가서 수각의 가운데에 잠시 앉았다. 이어 소관향, 요문군, 임취분이 나와 인사를 올렸다. 사천연은 의아스러워하며 일찍 온 이유를 물었다. 소관향이 말했다.

"우리 셋은 며칠 전에 와 있었어요."

윤치원이 말했다.

"운수 어른은 풍류계의 교주이시잖아. 며칠 전에 아백과 문군 두 사람을 위해서 합근배 자리를 마련했고, 오늘은 오직 자네와 자네 애인을 초대하여 걸교회(乞巧會)[4]를 마련하려는 거네."

다음 이야기를 하려고 할 때 제운수가 누각 오른쪽에서 시원한 발걸음으로 걸어 나왔다. 사천연은 '백부님'[5] 하고 예의를 갖추어 인사를 했다. 제운수는 겸손하게 두어 마디를 하고 조이보를 돌아보았다.

"자네 애인이신가?"

사천연은 '그렇습니다.'라고 대답했다. 조이보도 '제대인' 하고 인사를 올렸다. 제운수는 웃음을 머금고 가까이 와서 조이보의 손을 잡고 아래위로 훑어보았다. 그리고 고아백과 윤치원을 돌아보며 고개를 끄덕였다.

"과연 양가집 풍모로다!"

조이보는 제운수를 보니 예순을 넘긴 나이에 살짝 머리가 희끗희끗하고 천진하면서도 다정하여 자기도 모르게 친숙하게 느껴졌다.

이에 모두 자리에 앉아 편안하게 한담을 나누었다. 조이보는 아직 낯설어 많은 이야기는 하지 못했다. 제운수는 소관향에게 조이보를 데리고 구석구석 구경시키라고 했다. 요문군과 임취분 역시 반겼다. 네 사람은 무리를 지어 누각의 왼쪽 계단으로 내려갔다. 계단 아래에는 곧게 뻗은 대나무가 빽빽하여 녹음이 짙었다. 그 사이로 구불구불한 길이 하나 있었다. 대나무 숲에 난 좁다란 그 길을 돌아가면 개울 하나가 나왔다. 개울 너머에 나무 그림자가 은은하게 드리워져 있고, 들쭉날쭉

山家園雅集慶良辰

높이를 달리하는 아름다운 빛깔의 누각들이 있었다. 그들은 개울 너머로 감상만 하고 건너가지는 않았다.

네 사람은 개울을 따라 초승달 모양의 열두 개 회랑으로 들어갔다. 회랑의 양쪽 끝에는 초서로 '횡파함(橫波檻)'이라고 새겨진 석각이 있었다. 이 회랑을 지나면 구슬 주렴과 그림이 그려진 기둥, 푸른 기와와 무늬가 있는 유리창이 보였다. 선명한 비취는 구름 위를 오를 정도이고, 반질반질 광이 나는 붉은색은 태양에 비치는 것 같았다. 아래위로 서른두 개의 기둥이 있으나, 홈통을 마주 보고 용마루와 연결되어 있어 마치 수천수만 개의 문이 있는 것 같아 어디로 가야 할지 모를 정도였다. 그래서 이 누각을 '대관루(大觀樓)'라고 부르고 있었다.

누각 앞에는 깎아지른 듯한 기이한 봉우리가 솟아 있는데, '완연령(蜿蜒岭)'이라 하였고, 그 산 아래는 '천심정(天心亭)'이라는 팔각정이 있었다. 본채에서부터 완연령까지 종려나무 차양을 덮어 그 틈을 메웠다. 차양 아래는 말리화 화분 삼백 개가 놓여 있어 그야말로 '향기 가득한 눈 바다, 향설해(香雪海)'를 이루고 있었다.

네 사람은 모두 반쯤 핀 말리화 봉우리를 꺾어 쪽진 머리끝에 꽂았다. 그런데 갑자기 위에서 누군가가 부르는 소리가 들려와서 고개를 들어보니 소관향의 어린 여자 하인 소청(小青)이 연꽃 한 송이를 손에 쥐고 정자 한가운데 서서 웃으며 손짓을 하고 있었다. 소관향은 내려오라고 했다. 그러나 소청은 멀리서 그 말이 들리지 않은 듯 계속 손짓을 했다. 요문군이 어떻게 참고만 있을까, 재빠르게 몸을 움직여 올라가자 금방 그 꼭대기에 닿았다. 무슨 일인지 요문군이 양손으로 더욱 다급하게 손짓을 했다. 임취분이 말했다.

"우리도 가봐요."

임취분은 옷을 걷어 올리고 성큼성큼 걸어가며 앞장서려고 했다. 소관향은 하는 수 없이 조이보의 손을 잡고 그 뒤를 따르며 올라가는데 가다 멈추다 하며 숨을 고르며 힘들어했다.

알고 보니 일립원이라는 이름은 일립호(一笠湖) 때문에 붙여진 것이었다. 호수의 모양이 하늘의 반구 같다 하여 '삿갓'을 뜻하는 '립(笠)'이라고 하고, 너비가 약 열 묘나 되기에 '호수'를 뜻하는 '호(湖)'라고 했다. 일립원은 정원의 중앙에 있는데, 서남쪽으로는 봉의수각의 뒤쪽이고, 서북쪽으로는 완연령의 남쪽이었다. 완연령 위에서 정원의 전체를 내려다볼 수 있다.

소관향과 조이보는 천심정에 올라서서 멀리 일립호의 동남쪽 끝에 있는 낚시터를 바라보았다. 화려하게 단장한 비취색의 소매들이 주위를 둘러싸고 있었다. 그래서 어린 여자 하인과 아주머니가 달려가 소청에게 물었다.

"무슨 일이야?"

"한 아주머니가 연꽃을 따다가 반두[6]가 보여서 그냥 한번 떠봤는데, 아주 커다란 금빛 잉어가 그 안에 있어서 모두 보고 있는 거예요"

소관향이 말했다.

"난 어디 좋은 거라도 있는 줄 알았네. 걸어온다고 다리가 아파 죽겠어."

조이보도 말했다.

"전 낮은 신발을 신어서 하마터면 넘어질 뻔했어요."

요문군은 그래도 성이 차지 않은지 직접 가서 한번 봐야겠다고 마음을 먹었다. 다른 사람들이 묻고 답하는 사이에 벌써 연기처럼 빠져나가고 없었다. 임취분은 그 뒤를 따라가려고 했으나 뒤쫓아 갈 수 없었다. 세 사람은 다시 잠시 앉았다가 천천히 완연령을 걸어 내려갔다. 임취분이 말했다.

"옷 갈아입으러 가야겠어요."

그렇게 대관루 앞에 있는 갈림길에서 헤어졌다.

소관향은 활짝 열려 있는 대관루의 창문을 보았다. 창문에는 휘장이 낮게 내려져 있고, 네댓 명 집사들이 바삐 움직여가며 탁자와 의자를 정리하고 있었다. 그들에게 물었다.

"이곳에서 술자리가 있을 건가요?"

"저녁에 있고, 지금은 봉의수각에서 식사를 할 예정입니다."

소관향은 별다른 말은 하지 않고 조이보의 손을 잡고 원래 왔던 길로 걸어 봉의수각으로 돌아왔다. 수각은 화려한 장식에 주변에서는 향기로운 바람이 불어왔다. 손님으로는 화철미, 갈중영, 도운보, 주애인 네 사람이 초대되었고 손소란, 오설향, 담여연, 임소분이 자리에 앉아 있었다. 오직 요문군만 외투를 벗고 짧은 소매의 비단옷을 입고 호수 쪽 창문에 기대 앉아 파초부채를 쉬지 않고 부치고 있었다. 소관향이 물었다.

"봤어요?"

문군은 가만히 입을 내밀며 가리켰다. 관향이 고개를 돌려보니 중간 크기의 연꽃 항아리가 얼음 상자 시렁 위에 놓여 있고 그 안에 황금 잉어 한 마리가 있었다. 정말 한 척 길이 이상 가는 황금 잉어였다. 조이보도 살짝 곁눈질로 보았다.

문군이 갑자기 손짓 발짓을 하며 말했다.

"한 마리 더 잡아서 짝을 만들어주면 좋을 텐데!"

관향이 웃으며 말했다.

"그러면 당신이 가서 잡아 오세요."

모두들 그 말에 깔깔 웃었다.

---

1 1묘(畝)는 약 66평이며, 2묘는 약 130평이다.

2 香橼 : 레몬 종류

3 옛 지도를 보면 니성교의 서쪽에 삼가원(三家園)라는 곳이 기록되어 있는데, 이곳을 가리키는 것이 아닌가 한다.[일]

4 중국 세시풍속 중 하나. 음력 7월 1일부터 7월 7일까지 7일 동안 어린 여자들은 직녀성에게 지혜를 달라고 비는데, 그래서 '걸교(乞巧)'라고 한다. '걸교회'는 칠월칠석 연회를 가리킨다.

5 원문은 연백(年伯)인데, 자기의 아버지나 백부와 같은 해에 과거에 급제한 사람 또는 자기와 같은 해에 과거에 급제한 사람의 아버지를 이르는 말이다.

6 원문은 '증(罾)'이다. 양쪽 끝에 가늘고 긴 막대로 손잡이를 대어 만든 그물로, 주로 얕은 개울 같은 데서 물고기를 몰아 잡는 데 쓴다.

39

탑을 쌓은 주령 산가지 수각에 날아오르고, 구석의 물고기를 흠모한 돛단배는 호숫가에서 다툰다

造浮屠酒籌飛水閣 羨陬隅漁艇鬪湖塘

봉의수각 네모난 탁자 두 개 위에는 열여섯 가지의 일반 요리들이 올라와 있었다. 늘 하던 대로 각자 애인과 짝을 지어 자리에 앉았다. 한쪽 자리에는 화철미, 갈중영, 도운보, 주애인이 앉고 또 다른 자리에는 사천연, 고아백, 윤치원, 제운수가 앉았다. 모두 잔을 들어 서로 권하지만 세속적인 예의는 차리지 않았다. 조이보는 여전히 부끄러워하며 손을 가지런히 내려놓고 음식을 들지 않았다. 제운수가 말했다.

"여기에서는 예의 차리지 말게. 술이든 밥이든 같이 먹어야 해. 저쪽을 봐."

그때, 요문군은 술에 담근 반쪽짜리 게를 집어 껍질을 벗겨

먹으면서 조이보에게 말했다.

"먹지 않는다고 어느 누구도 권하지 않지만 나중에 분명 배고플 거예요."

소관향이 웃으면서 젓가락을 들고 한 점을 조심스럽게 집어 조이보의 앞에다 놓았다. 이보도 그제야 먹기 시작했다. 고아백이 갑작스럽게 물었다.

"본인이 운영하긴 하지만, 왜 기녀가 되었나?"

사천연이 대신 대답했다.

"살아가려면 어쩔 수 없지요."

제운수가 길게 한숨을 쉬었다.

"상해 이곳은 함정이나 다름없어! 넘어져 빠져나오지 못한 사람들이 너무 많아!"

사천연이 이어서 말했다.

"이웃 한 명과 같이 상해에 왔는데, 지금 그 사람도 기녀입니다."

윤치원이 재빨리 물었다.

"이름이 뭔가? 어디에 있는가?"

조이보가 끼어들었다.

"장수영라고, 담여연과 같은 서공화리에 있어요."

윤치원은 특별히 옆 탁자에 앉아 있는 도운보에게 어떤지 물었다. 운보가 대답했다.

"괜찮아. 양가집 규수 같아. 부를까?"

海上花列傳
第三十九回
造浮屠酒籌飛水閣
四十三

"나중에. 지금은 술 마셔야지."

이에 제운수는 사천연에게 주령을 청했다. 그러자 천연이 말했다.

"재미있는 주령은 다 해봐서 낼 게 없습니다."

마침 집사가 첫 번째로 상어지느러미 요리를 올렸다. 천연은 먹으면서 곰곰이 생각했다. 저쪽 탁자에 앉아 있는 주애인과 도운보는 시문을 좋아하지 않으니, 이번 주령은 반드시 아속(雅俗)을 함께 즐길 수 있는 것으로 하는 게 좋겠다고 생각하고 주령을 내렸다.

"하나가 있긴 합니다. 자리의 물건을 하나 집어 『사서(四書)』의 문장을 이용하여 탑처럼 쌓아가는 겁니다. 어떻습니까?"

모두 '주령을 따르겠다.'고 말했다. 집사는 능숙하게 시중을 들어 찻상을 옮기고 자색 박달나무 문구를 가져와 비틀어 열었다. 그 속에는 붓, 먹, 산가지, 패 등 없는 게 없었다. 사천연은 먼저 주령주 한 잔을 마시고 말했다.

"어(魚) 자를 내겠습니다. 제비를 뽑아 순서를 정하고 마지막 사람이 다음 주령을 내는 겁니다."

제운수가 말했다.

"『사서』에는 할 만한 게 몇 자 없을 텐데."

"한번 해봅시다."

자리에 있는 여덟 명은 상아 산가지를 하나씩 뽑아 각자가 뽑은 자수에 따라 『사서』의 구절을 뽑아 별호를 썼다. 집사는 모두 모아서 별도로 오색 종이에다 깨끗하게 옮겨 적어 펼쳐 보였다. 양쪽 자리 사람들은 자리에서 일어나 앞다투어 보았다. 그 종이에는 이렇게 적혀 있었다.

어 魚[1]:
사어(중) 史魚(仲)
오인어(애) 烏牣魚(藹)
자위백어(아) 子謂伯魚(亞)
효격거우어(운) 殽鬲擧于魚(韻)
석자유궤생어(철) 昔者有饋生魚(鐵)
수거불입오지어(천) 數罟不入洿池魚(天)
이자불가득겸사어(치) 二者不可得兼舍魚(痴)
왈태유심언연목구어(운) 曰殆有甚焉緣木求魚(雲)

모두들 일제히 서로의 것을 찬탄하며 앞에 놓인 술을 마시고 주령을 넘겼다. 도운보 차례가 되자 그는 계(鷄) 자를 내었다. 집사는 다시 상아대를 섞어 통에 넣고 차례대로 뽑았다. 모두 산대를 뽑고 나자 조용해졌다. 고개를 숙여 걷는 사람도 있고 손가락을 꼽아가며 숫자를 세는 사람도 있었다. 요문군은 이 주령을 보고 이미 싫증이 난 데다 어(魚) 자를 들었을 때, 갑자기 떠오르는 바가 있는 듯 두 잔을 급히 비우고 총총히 자리를 떠났다. 고아백은 그녀가 싫증이 났다는 것을 알지만 개의치 않았다. 모두 구절을 완성하고 산대를 내놓자 집사가 종이 위에 옮겨 적었다.

계 鷄[2]:

할계(천) 割鷄(天)

인유계(운) 人有鷄(韻)

월양일계(치) 月攘一鷄(痴)

순지도야계(애) 舜之徒也鷄(藹)

지자로숙살계(아) 止子路宿殺鷄(亞)

축마승불찰우계(중) 畜馬乘不察于鷄(仲)

가이의백의오모계(운) 可以衣帛矣五母鷄(雲)

금유인양기린지계(철) 今有人攘其隣之鷄(鐵)

화철미가 주령을 낼 차례가 되었다.

"계(鷄)와 어(魚)를 하고 나니까, 세 번째 제목이 어렵구만."

사천연이 말했다.

"못 내겠으면, 계항배 한 잔 마시고 다른 사람에게 넘기시죠. 누구든지 내면 계속 이어갑시다."

화철미는 말없이 눈만 멀뚱히 뜨고 있다가 갑자기 말했다.

"있네. 육(肉) 자 어떤가?"

모두들 좋다고 했다. 갈중영이 말했다.

"정말 갈수록 어려워지는군! 누가 마지막이 될지 모르겠네."

잠시 후 집사가 쪽지를 보여주었다.

육 肉[3]:

번육(철) 燔肉(鐵)

불숙육(운) 不宿肉(雲)

포육비육(천) 庖有肥肉(天)

시역역지육(중) 是鶂鶂之肉(仲)

극문극궤정육(치) 亟問亟饋鼎肉(痴)

칠십자의백식육(운) 七十者衣帛食肉(韻)

문기성불인식기육(애) 聞其聲不忍食其肉(藹)

붕우궤수거마비제육(아) 朋友饋雖車馬非祭肉(亞)

고아백은 주령을 잊지 않고 직접 술잔에 술을 가득 따르고 천천히 마셨다. 윤치원이 말했다.

"술로 주령을 넘기려는 거야?"

"자네가 더 이상하구만. 술도 못 마시게 하나! 자네가 내려면 내."

치원이 웃으며 집사에게 먼저 상아 산가지를 돌리라고 했다. 아백은 술을 다 마시고, 큰 소리로 말했다.

"바로 주(酒)로 하겠네!"

제운수가 껄껄 웃으며 말했다.

"술을 마시고 있으면서 어떻게 '주' 자가 생각나지 않았을까!"

모두들 생각할 겨를도 없이 일필휘지했다.

주 酒[4]:

고주(아) 沽酒(亞)

불위주(중) 不爲酒(仲)

향인음주(철) 鄕人飮酒(鐵)

박혁호음주(천) 博奕好飮酒(天)

시운기취이주(애) 詩云旣醉以酒(藹)

시유오취이강주(운) 是猶惡醉而强酒(雲)

증원양증자필유주(운) 曾元養曾子必有酒(韻)

유사제자복기노유주(치) 有事弟子服其勞有酒(痴)

고아백이 다 읽고 윤치원에게 말했다.

"내기 어려울 거야. 자네 차례야!"

치원은 잠깐 생각하더니 대답했다.

"자네가 벌주로 계항배 한 잔을 비우면 그때 낼게."

"왜 벌주를 마셔야 되지?"

모두들 영문을 모르는 듯했다. 사천연 역시 영문을 몰라 그 까닭을 물었다. 그러자 치원이 말해주었다.

"탑을 쌓으려면 뾰족해야지! '육수다(肉雖多)', '어약어연(魚

趺于淵)', '계명구폐상문(鷄鳴狗吠相聞)', 이래야 뾰족한 탑이 되는 거야. 자네가 말한 '주' 자는 말이지, 『사서』 문장에서 '주' 자로 시작하는 문장이 있어?"

제운수가 먼저 손뼉을 쳤다.

"일리가 있어!"

사천연도 고개를 끄덕였다. 고아백은 하는 수 없이 벌을 받아들이면서도 윤치원에게 한마디 했다.

"자네 같은 사람을 '죄수'라고 하지. 남의 흠집 잡는 걸 제일 좋아하잖아!"

치원은 아랑곳없이 바로 주령을 내렸다.

"나는 속(粟) 자를 생각하고 있네. 『사서』에는 문장이 많을 것 같은데."

아백은 그 말을 듣고 소리를 질렀다.

"나도 자네에게 벌을 내리겠네! 지금 술을 마시게. 어디서 '속(粟)' 자를 내고 그래?"

아백은 술병을 들고 잔을 건네고, 치원은 끝까지 술을 마시려 하지 않고 모인 이들은 그곳이 떠날갈 듯 크게 웃었다.

한참을 서로 주거니 받거니 하고 있을 때, 갑자기 봉의수각 뒤편에서 서너 명의 아주머니들의 고함소리가 들려왔다. 모두들 깜짝 놀라며 호숫가 쪽 난간으로 가서 내다보았다. 낚시터에 매어둔 오이 모양같이 조그만 나룻배 위에 요문군이 올라타 그물을 들고 황금 잉어를 잡으려고 하고 있었다. 아주머니

美娘喝漁艇阿湖塘

들이 걱정이 되어 돌아오라고 부르고 있었다. 요문군은 아랑곳하지 않고 두 손으로 노를 저으며 호수 한가운데만을 바라보며 나아갈 뿐이었다.

고아백이 그 모습을 보자마자 급히 수각 오른쪽으로 내려와 낚시터로 갔다. 대나무를 집어 들고 언덕 위 한 지점에 대고 몸을 날려 다른 나룻배 위로 뛰어올랐다. 배를 묶어둔 말뚝의 줄을 풀고 재빨리 올랐다. 나룻배는 마치 화살이 활시위에서 튕겨나가듯 문군의 배를 향해 바짝 따라붙었다. 호수 한가운데에 이르자 아백은 문군이 타고 있는 나룻배 고물을 조준하여 대나무로 힘껏 밀었다. 그 나룻배는 마치 바퀴처럼 빙글빙글 계속 돌았다. 문군은 뜻대로 되지 않아 속에서 화가 치밀어 올랐지만 끝내 봐달라고 사정하지 않았다. 아백은 웃으며 물었다.

"고기를 잡겠다고? 그래도 잡겠다면 내가 네 배를 뒤집어버릴 테다. 물에 빠지고 나야 믿을 텐가?"

그 말에 문군은 얼굴이 붉어졌다. 더 이상 아무 말 못하고, 나룻배가 멈추자 직접 노를 저어 물살을 가르며 돌아왔다. 아백도 대나무를 내려놓고 뒤따랐다.

문군은 호숫가에 닿자마자 버들잎 눈초리로 쏘아보고 앵두입술을 떼며, 일진광풍이 몰아치듯 아백에게 달려들었다. 아백은 재빨리 도망가고 문군도 필사적으로 그를 뒤쫓았다. 봉의수각까지 쫓아가 보았지만 사방은 조용하기만 하고 아백은 보이지 않았다. 다시 쫓아가려는데 제운수가 양 팔을 벌리며 길을 막아섰다. 문군이 겨드랑이 아래로 비집고 빠져나가려고 하자 제운수가 허리를 껴안으며 말렸다.

"됐어, 됐어. 내 얼굴을 봐서 그를 용서해줘."

"제 대인 안 됩니다! 저를 물속으로 빠뜨리려고 했단 말이에요. 그를 빠뜨리고 말 거예요!"

"아백이 괜한 소리를 한 거야. 그 말 듣지 마라."

문군은 그래도 그만두려 하지 않았다. 운수는 고아백이 수각 왼쪽 주렴 너머에서 머리를 내밀고 염탐하고 있는 것을 보고 그를 불렀다.

"어서 오게. 애인을 화나게 해놓고 도망을 가버려!"

아백은 주렴 안으로 들어와 문군에게 웃으며 반절을 하고 잘못했다고 사죄했다. 문군은 그래도 화가 나서 제운수의 팔을 밀치고 빠져나왔다. 아백은 황급히 다시 수각 오른편으로 달아났다. 문군은 쫓아가 보았지만 따라잡을 수 없다는 생각에 속상해하며 돌아왔다. 윤치원이 말했다.

"문군이 왔으니까 두 편으로 나누어 '장군 지명하기'[5] 할까."

문군이 가장 좋아하는 것이 '장군 지명하기' 주령이니, 그녀는 따를 수밖에 없었다. 양쪽 자리는 이내 합종으로 전쟁을 벌이듯 화권을 하니 한가로운 분위기가 한쪽으로 밀려났다.

순식간에 짤랑거리는 팔찌 소리와 반짝거리는 팔찌 빛깔로 어지러워졌다. 문군은 두 차례나 져서 옥산이 점점 허물어지듯 취해갔다. 모두들 아직도 채우지 못한 흥을 밤까지 이어가려고 했다. 제운수는 집사에게 고아백을 불러와 식사를 하라고 했다. 집사가 돌아와 아뢰었다.

"고 나리는 서재에서 마사부와 함께 먹었다고 합니다."

그 말을 듣고 운수는 미소를 지었다.

식사를 마친 후 모두 나와 삼삼오오 짝을 지어 산보를 했다. 학을 희롱하기도 하고 물고기를 감상하기도 하며, 차를 품평하기도 하고 풀잎 싸움을 하기도 하며. 그야말로 흐르는 물에 이를 닦고 돌베개를 하며 버들과 꽃을 찾아다니는 경지에 이르니, 더 이상 자세히 설명할 필요 없으리라. 오직 주인 제운수만은 혼자 방으로 들어가 오수를 즐겼다.

윤치원은 임취분과 소관향, 요문군을 데리고 한가롭게 호숫가를 거닐었다. 우연히 대관루 앞을 걸어가다 삼백 개의 말리화 화분이 복도 아래로 옮겨진 것을 보았다. 차양의 사방에는 오색 유리공이 층층이 빽빽하게 걸려 있고 종려나무 대들보 위에는 한 길 오 척 둘레나 되는 불꽃 상자가 아주 굵은 밧줄에 매달려 있었다. 소관향이 가리키며 말했다.

"듣자니 광동에서 온 전문가가 만든 거라고 하는데 아름다울지는 모르겠어요."

윤치원이 말했다.

"아름답긴! 불꽃일 뿐이야!"

임취분이 말했다.

"아름답지도 않은데 사람들은 왜 몇십 원씩 돈을 써가며 만들어요?"

요문군이 말했다.

"아직까지 불꽃을 본 적이 없는데 어떻게 생겼는지 봐야겠어요."

요문군은 계단을 내려가 자세히 살펴보았다.

그때 마침 고아백이 동북쪽에서 걸어오고 있었다. 그는 요문군을 보고 멀리서 웃으며 두 손을 마주 잡으며 인사를 했다. 그러나 문군은 모르는 척했다. 아백은 조용히 차양 쪽으로 다가갔지만 들어가지는 못했다. 임취분은 그 모습을 보고 깔깔거렸다. 윤치원이 돌아보며 말했다.

"자네 두 사람은 무슨 생각인가? 조금 있으면 손님이 올 텐데 부끄럽지도 않은가."

소관향이 손짓을 하며 말했다.

"고 나리, 오셔요. 저희들이 나리를 도와드릴게요."

고아백이 성큼성큼 올라오는데 누군가가 빠른 걸음으로 걸어오고 있었다. 바로 제부의 대총관 하여경(夏餘慶)이었다. 그는 총총걸음으로 다가와서 아뢰었다.

"손님이 오셨습니다."

아백은 즉시 걸음을 멈추고 몸을 돌리며 피했다. 윤치원은 소관향, 요문군, 임취분과 함께 떠들썩하게 동북쪽으로 걸어갔다. 구곡평교(九曲平橋)를 지나자 맞은편 석가산 산비탈에 세 칸으로 된 정자 유운사(留雲榭)가 있었다. 사천연과 화철미는 그곳에서 마주 앉아 바둑을 두고 있고 조이보와 손소란은 책상에 기대어 바둑판을 보고 있었다. 일행은 편히 자리에 앉았다.

갑자기 어디에선가 곤곡이 피리 가락에 실려 은은하게 바람을 타고 들려왔다. 임취분이 말했다.

"누가 노래를 하고 있지?"

소관향이 말했다.

"이화원 뜨락에서 곡보를 가르치고 있겠죠."

요문군이 말했다.

"아닐 거예요. 보고 올게요."

그리고 임취분과 함께 소리를 따라 북쪽으로 갔다. 대나무 울타리에서 노루 눈을 하고 들여다보니, 바로 활터 옆에 있는 서른세 개 돌계단 위에 갈중영과 오설향 두 사람이 앉아 노래를 부르고 도운보가 피리를 불고 담여연이 북과 판을 치고 있었다. 요문군은 눈 깜짝할 사이 연기처럼 활터를 지나 씩씩하게 올라갔다. 임취분은 그녀를 쫓아가느라 땀이 흐르고 숨이 찼다. 지정당(志正堂) 앞을 지나는데, 언니 임소분이 그녀를 불러 세우며 말했다.

"무슨 일로 뛰어가?"

취분은 대답을 못했다. 소분은 그녀더러 가까이 오라고 해서 대신 팔찌를 정리해주며 한두 마디 꾸짖었다.

취분은 지정당 중간 온돌 위를 보았다. 주애인이 가로 누워 아편을 피우고 있었다. 그녀는 '형부' 하며 온돌 위에 걸터앉아 언니와 한담을 나누었다. 이야기는 날이 저물 때까지 계속되었다. 곳곳에 담당 집사들이 불을 켰다. 지정당에는 가스등이 세 개가 있어 활터 구석까지 비추었다. 이어 장수가 와서 아뢰었다.

"마 사부님께서 오셨습니다."

주애인은 장수에게 아편 소반을 챙기라고 하고 임소분과 임취분을 데리고 술자리에 갔다. 등이 환하게 길을 비추었다. 대관루 가까이 오자 안개가 자욱하여 불빛이 더욱 밝은 것 같았다. 그런데 대관루 앞은 여자 배우 예닐곱이 그곳에서 분장을 하고 있을 뿐 조용했다. 알고 보니 이 술자리는 뒤쪽 중간 방에서 삼열로 줄지은 아홉 개의 탁자로 마련되어 있었던 것이었다.

모든 손님들이 속속 모여들어 자리에 앉았다. 정중앙 상좌에는 마사부가 앉고, 그 왼쪽 상좌에는 사천연, 오른쪽에는 화철미가 앉았다. 주애인이 뒤에 들어가니 윤치원이 앉은 자리에 빈 곳이 있어 그를 마주 보고 앉았다. 임소분과 임취분은 나란히 앉았다. 나중에 부른 다른 기녀들은 자리에 앉겠다는 사람, 굳이 사양하고 앉지 않겠다는 사람도 있었다. 물론 억지로 권하지는 않았다. 원래부터 정원 앞 천당(穿堂) 안쪽에는 무대가 설치되어 있었다. 가기(家伎)들이 잡극을 공연하기 위해 무대에 올랐다. 징과 북이 울리자 사람들은 하는 수 없이 술을 마시며 공연을 보았지만 한담을 나누기는 불편했다. 주인 제운수 역시 손님을 대접할 틈이 없어서 '결례를 범하오.' 하고 짧게 말할 뿐이었다.

잠시 후, 뒤에 부른 기녀들이 도착하여 방 안을 가득 메웠다. 두 명을 부른 손님도 있었는데, 윤치원은 장수영을 불렀다. 장수영은 조이보를 보자 고개를 끄덕이며 가볍게 인사를 했다. 조이보는 시서생이 한동안 발길을 끊어서 이전에 미워했던 마음을 잊고 수영과 이야기를 나누려고 하였다. 그러나 사람들의 목소리에 막혀서 시원하게 털어놓을 수 없었다.

간식이 올라올 즈음 경극 곡조 두 곡을 불렀다. 조이보는 사람들로 붐벼서 더위를 견디지 못하고 자리에서 일어났다. 그녀는 윤치원에게 손짓을 하고 장수영을 데리고 왼쪽 복도로 갔다. 구곡평교 쪽으로 난간을 따라 걸어가며 잠시 걸음을 멈추고 이야기를 나누었다. 조이보가 먼저 수영에게 물었다.

"장사는 잘 돼?"

수영이 고개를 저었다. 이보가 말했다.

"윤 씨라는 손님은 나쁘지 않으니까 조금 더 잘해봐."

수영은 고개를 끄덕였다. 이보가 시서생에 대해 묻자 수영이 말했다.

"너한테 몇 번 갔었어? 우리 집에는 한 번도 오지 않았어."

"이런 손님은 의지할 게 못 돼. 지금은 원삼보와 사귄다고 들었어."

수영은 조급한 마음에 더 자세히 알고 싶어서 물으려고 하는데 하필이면 동쪽에서 누군가 오고 있었다. 그래서 두 사람은 입을 다물었다. 가까이 다가와서 보니 그 사람은 소관향이었다. 소관향은 두 사람이 옷을 갈아입으러 나온 것으로 알고 조용히 이보에게 사정을 물어 의향을 맞췄다. 관향이 말했다.

"지금 기관(琪官)을 부르러 가는데 같이 가죠."

수영과 이보는 관향을 따라 다리를 건너 언덕을 따라 북쪽으로 갔다. 하얀 담벼락을 돌아 검은 칠을 한 측문을 열고 들어갔다. 한 노파가 한가운데 있는 기름등 아래에서 옷을 깁고 있었다. 소관향은 두 사람을 데리고 이 층 기관의 침실로 올라갔다. 기관은 침대에서 잠들어 있다가 사람 소리에 급히 일어났다. 그녀는 그 세 사람을 맞이하며 '선생님' 하고 인사를 했다. 관향은 기관에게 조용히 한마디 했다. 그러자 기관이 말했다.

"여기는 누추한 곳입니다."

관향이 말을 받았다.

"그렇더라도 너무 예의 차리지 마."

조이보는 자기도 모르게 웃음이 나와 침대 뒤쪽으로 갔다. 장수영은 바깥방으로 물러가 창가에 기대에 바람을 쐬었다. 관향이 계속 기관에게 물었다.

"어디 불편하니?"

"괜찮아요. 목소리가 나오지 않아서 그래요."

"대인께서 너를 불러오라고 했지만 목소리가 나오지 않으면 노래 부르지 마. 그래도 가겠니?"

기관이 웃으며 말했다.

"대인께서 부르시는데 어떻게 안 가겠어요. 선생님이 부르면 웃고 말겠지만."

"아니야. 대인께서는 네가 아픈 줄 알고 올 수 있는지 물어보라고 하셨어. 가지 않아도 괜찮아."

기관은 두말없이 기꺼이 가겠다고 했다.

마침 조이보가 볼일을 보고 손을 씻고 나오자 기관은 금방이라도 나갈 태세였다. 관향이 말했다.

"옷 갈아입어야지."

기관은 겸연쩍어 하며 옷을 갈아입었다. 장수영은 바깥방에서 갑자기 손짓을 했다.

"이리 와봐. 여기 재미있는 게 있어."

조이보가 창가로 가서 밖을 내다보았다. 서남쪽으로 대관루가 보였다. 대관루의 아래위 사방이 하나의 큰 불빛이 되어 일립호를 비추어 물결이 불빛에 따라 반짝이며 일렁이고 있었다. 구슬픈 피리와 노랫가락은 문득문득 가까이 들렸다 이내 멀어졌다. 마치 구름 속에 있는 것 같았다. 이보도 아름답다고 감탄하며 수영과 함께 넋을 잃고 바라보고 있었다. 기관이 옷을 다 갈아입자 나가자는 소관향의 목소리가 들렸다. 네 사람은 서로 양보하며 아래층으로 내려와 원래 왔던 길을 따라 돌아갔다. 돌아가는 길에서 다시 대총관 하여경을 만났다. 그는 등롱을 들고 어디론가 가고 있었다. 그는 네 사람을 보고 옆으로 길을 비켜서면서 웃으며 말했다.

"선생님들, 어서 가세요. 불꽃놀이가 시작됩니다."

소관향은 걸어가면서 물었다.

"그런데 무슨 일로 가세요?"

"불꽃 놓을 사람을 부르러 갑니다. 이 불꽃이라는 게 만든 사람들이 직접 놓아야 아름답다고 하네요."

그리고 곧장 어디론가 갔다.

네 사람은 대관루 뒤쪽 중당으로 갔다. 조이보와 장수영은 각자 자리로 돌아가고 소관향은 집사에게 제운수 옆으로 술상을 놓으라고 하고 기관을 앉혔다.

공연이 멈추자 뒤쪽 악사들은 악기를 들고 앞쪽 차양 아래로 가서 기다렸다. 초대된 사람들은 서로 고개를 맞대고 이야기를 나누고 있었다. 화장을 하지 않은 기관의 얼굴은 누렇게 뜬 데다 머리에는 머리핀 장식 하나 없었다. 그녀는 마치 깊은 원망을 이기지 못하는 듯 아무 말 없이 머리를 숙이고 있었다. 제운수는 자신의 경솔함을 후회하며 특별히 그녀를 위로해주었다.

"내가 너를 부른 것은 노래하라는 것이 아니고 불꽃 구경하라고 한 것이야. 보고 나면 바로 자러 가."

기관은 일어나며 대답했다.

잠시 후, 하총관이 아뢰었다.

"준비됐습니다."

제운수가 '자 그러면 볼까요.'라고 했다. 시중을 드는 집사 하나가 큰 소리로 마사부와 여러 나리들에게 대관루 앞으로 나와 불꽃을 구경하라고 청하였다. 일시에 손님과 기녀들은 자리에서 일어났다.

---

1 이 문장의 출처는 순서대로 『논어』「위령공」, 『맹자』「양혜왕 상」, 『논어』「양화」, 『맹자』「고자 하」, 『맹자』「만장 상」, 『맹자』「고자 상」, 『맹자』「양혜왕 상」이다. (중)은 갈중영을 말한다. 이하 괄호 속의 글자는 이름을 간략하게 줄여 표기한 것이다. '중(仲)'은 갈중영, '애(藹)'는 주애인, '아(亞)'는 고아백, '운(韻)'은 제운수, '철(鐵)'은 화철미, '천(天)'은 사천연, '치(痴)'는 유치원, '운(雲)'은 도운보를 가리킨다. 이 주령 아래 등장하는 다른 주령들은 대부분 『논어』와 『맹자』를 비롯한 『사서(四書)』의 문장이지만, 주령 놀이 특성상 글자 수에 맞게 발췌한 것이어서 문장의 뜻과는 아무런 관련이 없다. 이에 주령의 문장에 대해 출처만 밝히고 번역은 하지 않기로 한다.

2 문장의 출처는 순서대로 다음과 같다. 『논어』「양화」, 『맹자』「고자 상」, 『맹자』「등문공 하」, 『맹자』「진심 상」, 『논어』「미자」, 『대학』, 『맹자』「등문공 하」

3 『맹자』「고자 하」, 『논어』「향당」, 『맹자』「양혜왕 상」, 『맹자』「등문공 하」, 『맹자』「만장 하」, 『맹자』「양혜왕 상」, 『맹자』「양혜왕 상」, 『논어』「향당」

4 『논어』「향당」, 『논어』「자한」, 『논어』「향당」, 『맹자』「이루 하」, 『맹자』「고자 상」, 『맹자』「이루 상」, 『맹자』「이루 상」, 『논어』「위정」

5 임의의 사람을 지명하여 화권을 해서 지는 사람이 술을 마신다.

40

칠월 칠석 까치가 다리를 잇는 것을 감상하고, 화살 하나로 두 마리의 독수리를 명중시켰다는 농담을 하다

縱翫賞七夕鵲塡橋 善俳諧一言雕貫箭

마사야(馬師爺)의 별호는 용지(龍池)로, 전당(錢塘) 사람이다. 나이는 삼십 대로, 문장으로 이름이 알려져 있고 대대로 경학자 집안의 인물이다. 뛰어난 도의는 후학들의 모범이 되고 고매한 정신은 범속을 초월하는 듯하며, 풍모는 친근하고 언사는 흥미진진하여 위로는 어진 선비와 대부에서부터 아래로는 여자와 아이에 이르기까지 그와 함께 노는 걸 즐거워하지 않는 사람이 없었다. 제운수는 그를 초대하여 아침저녁으로 배움을 청하는데, 늘 사람들에게 이렇게 말하곤 하였다.

"용지의 한 마디는 내가 사흘 동안 생각하여도 다 하지 못한다."

용지는 제운수를 화려하지만 번잡하지 않고, 화목하게 어울리지만 타락하지 않으니, 주지화천(酒地花天)의 기둥이라고 평하고, 재미삼아 그에게 '풍류의 대교주'라는 이름을 붙여주었다. 매번 연회 때마다 용지는 새로운 놀이를 만들어 운수의 흥을 돋우었다. 칠석의 불꽃놀이 역시 용지가 생각해낸 것으로, 월공(粵工)[1]을 고용해서 직접 지시를 내리며 한 달 만에 완성했다.

한편 용지는 아내를 두려워하는 공처가로 비록 상해에 살고 있으면서도 함부로 나다니질 못하였다. 운수가 대신 기녀를 불러주면 마지못해 술자리에 응하는 정도였다. 처음에는 아무나 부르라고 했지만 위하선의 성격이 그의 아내와 비슷하다고 말한 이후로 계속 위하선을 불렀다.

그날 밤 위하선은 용지와 나란히 상석에 앉았다. 손님과 기녀들은 대관루 앞 복도로 나와 불꽃놀이를 구경하였다.

월공이 도화선에 불을 붙이자 악공들은 〈장군령(將軍令)〉을 연주하기 시작했다. 도화선이 타들어가서 상자 아래쪽이 터지며 땅에 쏟아졌다. 먼저 양쪽으로 백 개씩 꿰어 매단 폭죽이 굉음을 내며 뒤흔들 듯 날뛰었다. 그 뒤 금빛 별들이 비처럼 흩날리며 쏟아졌다. 갑자기 아주 밝은 불꽃이 상자 안에서 터져나왔는데, 아치 모양으로 퍼져 다섯 걸음 안에 있는 티끌같이 작은 것이 모두 보일 정도로 밝게 비췄다.

악공들이 세악(細樂)[2]으로 바꾸어 연주하자 견우와 직녀 두

縱翫賞七夕鵲填橋
海上花列傳
第四十回
五十

사람이 좌우에서 천천히 아래로 내려왔다. 견우는 밭을 가는 소를 끌고, 직녀는 베틀에 비스듬히 기대어 서로를 애틋하게 응시하는 모습을 재현하였다.

세악이 그치자 북소리가 둥둥 울리기 시작했다. 이내 수백 개의 자웅구슬(雌雄球)[3]이 반짝반짝 돌아가며 청룡 한 마리를 비호하고 빙글빙글 춤을 추며 내려와 견우와 직녀 사이를 막아섰다. '두둥둥' 갑자기 갈고(羯鼓)[4]를 울리며 콩 튀기는 소리를 내고, 그 북소리에 맞추어 꽹가리가 울렸다. 용은 입에서 수십 개의 폭죽을 토해내는데, 큰 구슬 작은 구슬이 땅바닥에 가득 쏟아지는 것 같았다. 몸뚱이를 뒤덮고 있는 비늘 사이로 황색 연기가 뿜어져 나와 한참 자욱했다. 구경하는 사람들은 모두 환호성을 질렀다.

갑자기 징과 북의 장단이 고조되었다. 용은 위아래로 머리를 흔들고 꼬리를 치켜들며 몸을 비틀고 백 번을 넘게 곤두발질을 쳤다. 어디서 불꽃을 내뿜는지, 불꽃들이 용의 몸뚱아리를 감싸고 용은 제멋대로 날뛰고 날아올랐다. 마치 바다와 강을 휘젓는 힘을 가지고 있는 것 같았다. 관중들은 끊임없이 갈채를 보냈다.

불꽃이 잦아들자 징과 북도 조용해졌다. 용도 전혀 움직이지 않고 공중에 매달려 있었다. 머리부터 꼬리까지 환하여 비늘과 발톱 하나하나 셀 수 있을 정도였다. 용머리에는 한 척짜리 목판에 두루마리 한 폭이 걸려 있었고 '옥제유지, 우녀도 하(玉帝有旨, 牛女渡河. 옥황상제가 명하노니, 견우와 직녀는 강을 건너라)' 여덟 자가 적혀 있었다. 양쪽에서 견우와 직녀는 절을 하며 조서를 받드는 장면을 연출했다. 악대는 견우와 직녀의 움직임에 따라 〈조천악(朝天樂)〉을 연주하며 박자를 맞추었다. 사람들이 가까이 다가가 자세히 보니 줄 하나에 수족이 묶여 있을 뿐이었다. 줄이 끊어지자 용은 땅으로 떨어졌다. 아래에서 하인과 집사가 급히 꺼내 들고 보니 사람 키보다 길었다. 아직도 터지지 않은 불꽃이 타닥타닥 타고 있었다.

그때 견우와 직녀는 옥황상제의 조서를 받아 들고 마술을 부리기 시작했다. 그러자 손바닥에서 유성이 날아올라 도화선을 따라 상자 속으로 들어 갔다. 종, 바라 등의 악기들이 팔음을 이루며 소리를 내자 순식간에 마흔아홉 마리의 까마귀와 까치가 곳곳에서 날아와 포진하여 아치 모양의 다리를 이으며 양쪽 날개를 활짝 펼쳤다. 그야말로 살아 있는 듯 생생하였다.

구경하던 사람들은 더욱 신기하여 갈채도 잊고 서로 다투어 앞으로 나갔다. 악공이 '삐릴리 삐릴리' 나발을 불기 시작하는데, 마치 혼례곡 같았다. 견우는 소를 남겨두고 오르고, 직녀 역시 베틀에서 일어나 올라 오작교 옆에서 만났다.

견우와 직녀, 마흔아홉 마리의 까마귀와 까치, 견우가 끌던 소, 직녀가 짜던 베틀이 일제히 불꽃을 쏟아냈다. 이 불꽃은 다른 불꽃과 달리 하나하나 난꽃과 대나뭇잎 모양을 만들며 사방으로 흩어졌다. 그야말로 '휘황찬란한 등불과 불꽃이 서로 어우러져, 칠성교의 자물쇠를 열었네.(火樹銀花合, 星橋鐵鎖開.)'[5]와 같은 광경이었다. 계단 아래 집사들조차도 흥이 나서 너도나도 춤을 추었다.

불꽃은 족히 일각 동안이나 계속 터졌다. 견우와 직녀, 마흔아홉 마리 까마귀와 까치, 견우가 끌던 소, 직녀가 짜던 베틀까지 환하게 비추었다. 견우와 직녀는 마주 보고 눈빛으로 사랑을 전하며 서로 기대어 헤어지기 아쉬워하는 모습을 연출하였다.

악공들이 〈장군령〉을 연주하며 마지막을 장식했다. 월공은 음악이 끝나자 줄을 느슨하게 풀었다. 모든 것들이 땅으로 우수수 떨어지며 꺼져갔다. 그러자 사방은 어둠으로 뒤덮였다. 모두들 이구동성으로 갈채를 보냈다.

"이런 불꽃은 정말 생전 처음 봅니다!"

제운수와 마용지 역시 흐뭇했다. 집사는 앞으로 가서 창문을 열고 다시 자리로 청했다. 뒤에 부른 기녀들도 이 틈에 한꺼번에 일어나 자리를 떠났다. 위하선과 장수영도 작별인사를 하고 기관도 방으로 돌아갔다. 모든 손님들도 주인이 피곤해질까 작별인사 없이 자리를 떠나고 십여 명 정도만 단출하게 남았다.

제운수는 악단에게 다시 연주하라고 명을 내렸지만 손님들은 모두 술에 취했다며 사양을 했다. 운수도 기관이 노래를 하지 못해 흥이 나지 않았다. 그래서 소관향에게 손님마다 세 잔

씩을 올리라고 했다. 관향이 명을 받고 자리에서 일어나자 시중을 드는 집사가 여러 잔에 술을 따라주었다. 손님들은 서로 권하지 않고 잔을 비우고 각자 관향에게 잔을 주었다. 모두 식사를 하고 자리에서 일어났다.

제운수가 말했다.

"원래 그대들과 밤새 마시려고 했는데 오늘은 인간세상도 천상도 아름다운 밤을 저버리지 않으니 각자 편히 잠자리에 드시고 내일 다시 만나는 것이 어떻소?"

그러곤 껄껄 웃었다. 집사는 등을 들고 기다리고 있었다. 제운수는 손을 마주 잡고 양해를 구하고 떠나갔다. 마용지는 서재로 돌아갔다. 갈중영, 도운보, 주애인 그리고 몇 명의 친척은 침실이 따로 있어서 집사들이 각각 등롱을 들고 배웅했다. 사천연와 화철미의 침실은 대관루 위에 있는데, 고아백과 윤치원의 침실과 가까웠다. 집사는 앞에서 길을 인도하고 네 사람은 각자 기녀들을 데리고 천천히 올라갔다. 먼저 사천연의 방으로 가서 잠시 앉아 이야기를 나누었다. 방 한가운데 침대가 놓여 있고 주렴과 휘장이 모두 훌륭했다. 화장대와 옷걸이, 분통과 타구 등 없는 것 없이 다 갖추어져 있었다.

사천연은 사방을 둘러보았다. 화철미와 고아백은 모두 각각 애인들과 있었지만 윤치원만은 어린 기녀 임취분과 있었다. 임취분이 웃으며 말했다.

"치원 선생님은 외롭나 봐요."

치원이 취분의 어깨를 툭하고 치며 말했다.

"뭐가 외롭다는 거냐! 어린 선생이 모르는 게 없어!"

취분은 웃으며 달아났다. 치원은 조이보에게 장수영의 출신에 대해 자세히 물었다. 이보가 이야기하려는데, 요문군이 치원에게 달라붙어 불꽃을 어떻게 만드는지 꼬치꼬치 물었다.

"몰라."

"상자 안에 사람이 들어 있었던 건 아닐까요?"

"상자 안에 사람이 있었으면 떨어져 죽었을걸!"

"그러면 왜 살아 있는 것 같죠?"

모두들 웃음을 터뜨렸다. 화철미가 말했다.

"간단하게 말하면 줄로 꼭두각시를 움직이게 하는 방법이지."

문군은 여전히 납득이 되지 않아 한참을 생각해보다 더 이상 묻지 않았다.

집사가 여덟 가지 간식을 올리자 모두 편하게 앉아 먹었다. 삼경이 되자 처마 끝에 달린 비단등을 흔들어 불을 껐다. 화철미, 고아백, 윤치원 그리고 그 애인들은 인사를 하고 각자의 침실로 갔다. 아주머니 아호는 잠자리를 보고 사천연과 조이보가 침상에 오를 때까지 기다렸다가 물러났다.

천연은 단잠을 자고 일어났다. 숲속 참새가 무리를 이루어 짹짹거렸다. 그는 급히 이보를 흔들어 깨우고 함께 옷을 걸치고 일어났다. 아호를 방으로 불렀을 때, 아직 이른 시간이라는 걸 알고 있었지만 다시 잠들지 않고 세수를 하고 간단하게 식사를 했다. 아호는 화장 상자를 열어놓고 이보의 머리 손질을 도와주었다. 천연은 특별히 할 일이 없어 산보하러 방을 나왔다. 우연히 고아백의 침실 앞을 지나다 안을 들여다보았다. 그러나 고아백과 요문군은 방에 없었다. 천연은 주렴을 걷어 올리며 들어갔다. 그 방에는 침대, 탑상, 탁자, 의자만 있고 서화 한 폭, 장식 하나 없이 휑했다. 벽에 칼 한 자루와 거문고 하나만 덩그러니 걸려 있었다. 하얀 비단 휘장에 촘촘하게 그려진 매화는 윤치원의 솜씨이고 푸른 비단 휘장에 연분으로 쓴 전각 문자는 화철미의 필치라는 것을 알 수 있었다. 천연이 그 글을 위에서 읽어 내려가 보니, 고아백이 직접 쓴 글이었다. 그 문장은 다음과 같았다.

> 신선의 고향, 술의 고향, 온유의 고향, 오직 화서향이 그것을 담당한다. 불국, 향국, 진방국, 오직 괴안국이 그것을 돕는다. 나는 그 사이 삼천대천, 땅에서 활발하게, 하늘에서 느긋하게 노니니, 오늘 저녁이 어느 해인지 모르겠구나!

천연은 배회하며 감상하느라 차마 나오지 못했다. 그런데 갑자기 누군가가 큰 소리로 불렀다.

"천연 형 여기로 와봐요."

천연이 고개를 돌려 보니 윤치원이 옆방에서 부르고 있었다. 방에서 나와 치원의 침실로 건너갔다. 치원은 마침 일어나 세수를 하려다 천연을 맞이하고 잠시 편히 앉아 있게 했다. 이 방은 다른 방들과 달랐다. 금박을 두른 가구와 장식들이 모두 이루 다 형언할 수 없을 정도로 휘황찬란하고 화려하였다. 그러나 천연에게는 이런 것들이 눈에 들어오지 않고, 창가 책상 위에 쌓여 있는 서적들이 눈에 들어와 무슨 책인지 물었다.

"작년 운수가 『일립원동인전집(一笠園同人全集)』이라는 시문 책 하나를 인쇄했는데, 문장으로 보기 어려워 함께 싣지 않은 대련, 편액, 인장, 기명(器銘), 등미[6], 주령 같은 것들을 버리기는 아깝고 해서 나보고 골라서 『외집』으로 만들라고 하시더군. 거의 다 골랐는데 아직 책으로 만들지는 못했네."

천연은 책을 집어 들고 책장을 펼쳐 보았다. '백전(白戰)'이라는 주령이 있었다.

"'백전(白戰)' 이 두 글자, 제목이 좋은데."

아래를 보니 작은 글씨로 주가 달려 있었다.

> 구양수는 소설(小雪)에 취성당에 모여 술을 마시며 시를 짓는데, '옥(玉)', '월(月)', '리(梨)', '매(梅)', '련(練)', '서(絮)', '백(白)', '무(舞)', '아(鵝)', '학(鶴)' 등의 글자를 사용하지 않기로 하였다. 후에 소동파는 이 방법을 예로 들며 마지막에 말하길 '그 당시에 호령을 내기를 백전(白戰)

에서는 절대 작은 쇠꼬챙이도 지녀서는 안 됨을 그대는 명심하라'고 하였다. 이 주령은 이 뜻을 따른 것이다. 각자 제목 하나를 골라 시 두 구절을 짓고, 제목과 시구가 서로 맞아들어 가면 벌한다.

첫째 줄은 '도화(桃花)'가 제목이었다.

「한 번 웃으며, 작년 이날, 다시 돌아온 자 누구인가.(一笑去年曾此日, 再來前度復何人.)」[7]

천연은 오랫동안 읊조리다 고개를 끄덕이며 말했다.

"쉽지 않군!"

"이 두 구는 그저 그래. 계속 읽어 내려가게. 먼저 시를 보고 나서 제목을 맞춰보게. 제목을 맞추지 못하면 좋은 시라고 할 수 있지."

치원은 손을 닦고 탁자 옆으로 가서 책을 받아 들고 한 장을 넘겼다. 그리고는 제목을 가리고 시 두 구절을 천연에게 보여주었다.

「누가 이 주인에게 어떻게 묻겠는가, 나는 그대가 없어서는 안 된다고 생각하네.(誰歟是主何須問, 我以爲君不可無.)」[8]

천연이 말했다.

"아무 내용이 없는데, 무슨 제목이 있겠나."

치원은 웃으며 손을 뗐다. 천연은 제목이 '수죽(脩竹)'인 것을 보고, 갑자기 깨달았다는 듯 말했다.

"알겠네, 알겠어! 정말 잘 지었네!"

치원은 다시 보여주었다.

「묻노니, 그 해 누구와 닮았는가? 어여쁜 것이 이와 같으니 더 어찌 감당할 수 있겠는가!(借問當年誰得似 可憐如此更何堪!)」[9]

천연은 이마를 찡그리며 조용히 읊조렸다.

"앞의 구는 비연(飛燕)같은데, 다음 구와는 맞지 않는군."

한참을 꼼꼼하게 생각했지만 '잔류(殘柳)'라는 제목을 떠올리지 못했다. 제목을 보자 책상을 치며 탄복했다.

"아주 훌륭해!"

다시 시를 보았다.

「담백한 맛을 아는 이 종래로 드물고, 그 아래를 지휘하여도 남아 있지 않음을 아쉬워하네.(淡泊從來知者鮮, 指揮其下慎無遺.)」[10]

치원이 말했다.

"이 시는 '제갈채(諸葛菜)'라네. 전고를 어디에서 가져왔는지 알아맞춰 보게."

"난해함으로 인해 기묘함이 더욱 드러나는 것이, 뛰어난 대목은 떨어져나가지도 않고 달라붙지도 않은 데 있네."

이 두 구 뒤에 또 구절이 있었지만, 치원이 벌써 지워서 잘 보이지 않았다.

천연이 넘겨보니 모두 선별된 주령으로, 다양한 형식이 모여 있었다. 대략 훑어보고 나서 물었다.

"어제 냈던 주령을 고를 건가?"

"내가 생각해봤는데, '속(粟)' 외에 '양(羊)', '탕(湯)'도 괜찮고, '계(鷄)', '어(魚)', '주(酒)', '육(肉)' 이렇게 모두 일곱 자가 되겠지."

"'속', '양', '탕' 세 글자는 『사서』에 나오긴 하는가?"

"나는 『사서』의 문장에 있을 거라고 생각해."

그리고 치원은 읊었다.

속 粟[11]:

식속 食粟

수유속 雖有粟

소식지속 所食之粟

즉농유여속 則農有餘粟

기후늠인계속 其後廩人繼粟

염자위기모청속 冉子爲其母請粟

맹자왈허자필종속 孟子曰許子必種粟

성인치천하사유숙속 聖人治天下使有菽粟

양 羊[12]:

오양 五羊

유견양 猶犬羊

기부양양 其父攘羊

견우미견양 見牛未見羊

하가폐야이양 何可廢也以羊

이증자불인식양 而曾子不忍食羊

벌빙지가불축우양 伐冰之家不畜牛羊

자공욕거고삭지희양 子貢欲去告朔之餼羊

탕 湯[13]:

우탕 于湯

오취탕 五就湯

이윤상탕 伊尹相湯

동일즉음탕 冬日則飮湯

유요순지우탕 由堯舜至于湯

이윤이할팽요탕 伊尹以割烹要湯

효효연왈오하이탕 囂囂然曰吾何以湯

부지왕지불가이위탕 不識王之不可以爲湯

천연이 듣고 웃으며 말했다.

"어젯밤 잠은 안 자고 줄곧 이 생각만 하고 있었나?"

"내가 잠을 왜 안 자. 자네가 아마 못 잤겠지?"

그때, 조이보가 치장을 끝내고 천연의 목소리를 듣고 찾아왔다. 치원은 이보를 아래위로 훑어보고 웃으며 말했다.

"오늘 밤에는 정말 못 자겠는걸!"

이보는 치원의 말을 이해하지 못했지만 자기 때문에 나온 말이라는 것을 알고 다른 곳으로 고개를 돌리며 중얼거렸다.

"마음대로 말하시네요!"

치원은 황급히 변명을 했다. 이보는 전혀 들으려 하지 않았다. 천연은 껄껄 웃을 뿐이었다. 마침 집사가 오찬을 청해 세 사람은 자리에서 일어나 집사를 따라 내려갔다. 오찬은 대관루 아래층에 차려졌는데 중당으로 들어가니 탁자 세 개가 놓여 있었다. 아래 자리에는 이미 친척 몇 명이 자리를 잡고 있었다. 제운수와 소관향 등은 사천연, 윤치원, 조이보를 가운데 자리로 청했다. 곧이어 요문군이 관사로 만든 짧은 옷을 입고 허리에는 화살통을 차고 등에는 활을 진 채 앞장서서 왔다. 그 뒤로 화철미, 손소란, 갈중영, 오설향, 도운보, 담여연 그리고 주애인, 임소분, 임취분, 고아백 열 명이 꽃 무덤 속에서 구불구불 줄지어 올라오고 있었다. 요문군은 활과 화살통을 내려놓고 이들과 위쪽 자리에 앉았다. 임취분은 윤치원 옆에 앉았다. 술이 세 번 돌고 음식이 두 차례 올라왔다. 제운수가 주령을 청하였다. 고아백이 말했다.

"어제 주령이 아직 끝나지 않았습니다."

사천연이 말했다.

"제가 내겠습니다."

사천연은 방금 전 윤치원에게서 들은 '속', '양', '탕' 세 글자

縱翫賞七夕鵲填橋
第四十回
五十

와 『사서』에서 발췌한 문장을 말해주었다. 제운수가 말했다.

"여덟 개 글자를 만들어볼 수 있을까?"

윤치원이 말했다.

"만약 서양 요리를 먹는다면 '우(牛)' 자도 괜찮지요."

고아백이 말했다.

"탕왕이 무슨 죄를 지었기에 짐승들 사이에 놓인단 말인가?"[14]

화철미가 웃으며 말했다.

"아백 선생이 정말 예리하시네. 문군의 화살보다 더 정확해."

치원이 손뼉을 치며 말했다.

"훌륭해. 그래서 '화살 하나로 두 마리의 독수리(雙雕)를 잡는다.'고 하잖아!"

사천연이 말을 이었다.

"닭, 물고기, 소, 양 온갖 짐승들이 있는데 '독수리 조(雕)' 자도 넣는 건 어때요?"[15]

자리에 앉아 있는 사람들은 처음에 무슨 말인지 몰라 잠깐 생각하고 나서야 웃음을 참지 못하고 방이 떠나갈 듯 웃으며 말했다.

"오늘 아침 왜 그 두 사람을 가지고 즐거움을 찾으려고 했을까?"

제운수는 수염을 비틀면서 말했다.

"소위 '화살이 활시위에 있으면 쏠 수밖에 없다'라고 하지."

고아백은 고개를 끄덕이며 말했다.

"욕이라도 속되지 않군요! 여러분 아예 욕을 더 해주시면 술을 마실 수 있겠습니다."

그리고 술병을 잡아 큰 잔에 따르고 요문군에게 말했다.

"자네도 독수리니, 욕술을 한 잔 받게."

그 말에 자리에 있는 사람들은 다시 웃었다. 사천연과 화철미가 같이 말했다.

"자, 그러면 모두 한 잔씩 올리는 걸 벌주로 합시다."

집사가 그 말을 듣고 자리마다 큰 잔에 술을 따랐다.

윤치원은 천천히 마시며 조이보에게 물었다.

"장수영 주량은 어떤가?"

"사귀면 알게 되겠죠. 왜 물으세요!"

도운보가 말했다.

"수영 주량은 자네와 거의 비슷할 걸세, 한번 시험해보지 그러나?"

고아백이 말했다.

"치원은 장수영한테 마음이 있어서 나중에 꼭 갈 거야."

윤치원도 자신의 의중과 다르지 않아 더 이상 말을 덧붙이지 않았다. 대충 쉬운 주령 두 개를 내고 식사를 마쳤다. 잠시 후 날이 저물자, 윤치원은 다들 장수영의 집으로 가자고 제안했다. 제부의 친척 몇은 사양했다. 치원이 주인 제운수를 초대하자 운수가 말했다.

"지금은 사양하겠네. 만약 자네가 그녀와 짝이 되면 그녀와 함께 이곳으로 오게나."

치원은 대답을 하고 바로 마차 일곱 대를 불렀다. 모두 쌍쌍이 나누어 올라탔다. 임취분은 질투심을 숨기며 윤치원과 함께 마차에 올라타 일립원을 빠져나갔다. 니성교를 건너 황포탄 사마로로 돌아가서 서공화리에서 멈추었다. 도운보와 담여연은 먼저 마차에서 내려 사람들을 안으로 안내했다. 모두 이 층 장수영의 방으로 몰려갔다. 수영은 갑작스러운 방문에 어쩔 줄 몰라 허둥거렸다. 그러자 고아백이 그녀를 불러 세웠다.

"괜한 접대 하려 하지 말고 얼른 술자리 보라고 하게. 우리는 조금만 마시고 돌아갈 거야."

장수영은 대답을 하고 곧바로 바깥 하인에게 요리를 주문하고 자리를 마련하라고 했다. 그 사이 주애인은 도운보를 따라 담여연의 방으로 가서 아편을 피웠다. 임취분은 있기 싫어서 언니 임소분에게 졸라 자리를 떠나려고 했다. 조이보는 무료하게 조용히 앉아 있다가 옷장을 열어 어떤 물건 하나를 찾아내고는 사천연에게 와보라고 손짓을 했다. 그것은 바로 춘궁책자들이었다. 천연이 받아서 윤치원에게 건네주었다. 치원은 대충 훑어보고 책상에 내려놓았다.

"그림이 좋지 않아."

화철미는 그중에서 거의 다 떨어져 나간 화첩을 보았다. 비록 색깔은 바랬지만 사실감이 있을 정도로 생동적이었다. 그래서 감탄하며 말했다.

"아주 좋은데!"

갈중영이 옆에 있다가 말했다.

"그런대로 괜찮군!"

그러나 아쉽게도 대부분 떨어져나가고, 온전하지는 않지만 일곱 폭 정도만 남아 있었다. 그러나 낙인이 되어 있지 않아 누구의 그림인지 알 수 없었다. 고아백이 한번 검토를 해보니 첫 번째와 마지막 두 폭은 맞이하고 배웅해주는 그림 같고, 가운데 다섯 폭은 한 명의 남자와 세 명의 여자 그림으로, 생김새가 거의 비슷했다. 그래서 그는 중얼거리며 말했다.

"아마 소설 이야기를 그린 것 같군."

사천연이 웃으며 말했다.

"맞아."

그리고 그는 한 명을 손으로 가리키며 말했다.

"봐. 문군처럼 생겼잖아."

모두 웃고 내려놓았다. 남자 하인이 수건을 가져왔다. 윤치원은 응접실로 안내하며 자리에 앉았다.

---

1 광동 지역의 장인

2 관현악기로 내는 경쾌하고 맑은 소리의 음악

3 속이 비어 있는 쇠구슬로 안에 작은 철환과 음황이 들어 있어 움직일 때마다 맑으면서도 탁하고 높으면서 낮은 소리들이 난다.

4 어깨에 메고 앞으로 늘어뜨려 양손으로 북채를 가지고 치는 북이다. 갈족이 전했다고 한다.

5 당대(唐代) 시인 소미도(蘇味道)의 시 「정월십오야(正月十五夜)」의 첫 번째 구절로 정월대보름 장안의 야경을 묘사한 문장이다.

6 燈謎 : 음력 정월 보름이나 중추절 밤에 초롱에 수수께끼 문답을 써 넣어 하는 놀이

7 이 구절의 전고는 유우석(劉禹錫)의 시 「재유현도관(再遊玄都觀)」의 마지막 구절 '도화를 심는 도사는 어디로 돌아갔나, 떠나갔던 유랑이 오늘 돌아왔는데.(種桃道士歸何處,前度劉郎今又來.)'이다.

8 동진(東陳) 왕희지(王羲之)는 대나무를 좋아한 것으로 유명한데, "어찌 그대(대나무) 없이 하루를 보내랴."라고 말하였다.

9 이 구절의 전고는 이백(李白)의 칠언악부시 『청평조(淸平調)』 중 두 번째 수의 마지막 구절로, '묻노니, 한나라 궁궐 그 누구와 닮았는가? 어여쁜 비연도 새로 단장해야 할 것을.(借問漢宮誰得似, 可憐飛燕倚新妝.)'이다. 양귀비의 아름다움을 묘사한 시이다.

10 제갈량이 군사 중랑장 시절에 군량 문제를 해결하기 위해 당시 '만청(蔓菁)'이라고 하는 순무를 심어 군량으로 사용하였다. 그래서 후세에 이 채소를 '제갈채'라고 하였다.

11 『맹자』「고자 하」, 『논어』「안연」, 『맹자』「등문공 하」, 『맹자』「등문공 하」, 『맹자』「만장 하」, 『논어』「옹야」, 『맹자』「등문공 상」, 『맹자』「진심 상」

12 『맹자』「만장 상」, 『논어』「안연」, 『논어』「자로」, 『맹자』「양혜왕 상」, 『맹자』「양혜왕 상」, 『맹자』「진심 하」, 『대학』, 『논어』「팔일」

13 『맹자』「등문공 하」, 『맹자』「고자 하」, 『맹자』「만장 상」, 『맹자』「고자 상」, 『맹자』「진심 상」, 『맹자』「만장 상」, 『맹자』「만장 상」, 『맹자』「공손추 하」

14 탕(湯)은 '국'이라는 뜻 외에도, 하(夏)를 멸망시키고 상(商)을 세운 왕의 이름이기도 하다.

15 조(雕)는 사서삼경에 나오지 않는다. 그럼에도 사천연이 이렇게 말한 이유는 이 글자의 발음이 남성 생식기를 뜻하는 '초(屌)'와 비슷해서이다.

41

화려한 누각을 흠집 내는 악담은 삼획(소홍)을 끌어 잡아당기고, 아름다운 술잔을 돕는 진부한 말은 사성을 달리하다

衝繡閣惡語牽三畫 佐瑤觴陳言別四聲

일곱 명은 자리에 앉아 선을 깔고 화권을 하며 한바탕 떠들썩하게 놀았다. 고아백은 장수영이 비위를 잘 맞추는 모습을 눈여겨보았다. 간식이 오를 즈음 고아백은 사천연, 화철미, 갈중영, 그리고 그들을 따라온 애인들과 함께 작별인사 없이 떠나갔다. 주애인도 임소분과 임취분을 데리고 떠났다.

도운보와 윤치원 두 사람만 남게 되었다. 담여연은 서로 잘 알고 있으니 따로 할 이야기가 없지만 장수영은 조이보의 말대로 부드럽고 순종적인 모습으로 최선을 다하여 윤치원의 환심을 샀다.

초아흐레가 되자 제부(齊府)의 집사가 도운보와 윤치원의 기녀들을 일립원으로 초대한다는 초대장을 가져왔다. 도운보가 윤치원에게 말했다.

"자네가 대신 감사 인사를 전해주게. 오늘 저녁은 진소운이 날 초대했는데, 일립원보다 좀 가까워."

그래서 윤치원만이 장수영을 데리고 타고 왔던 가죽덮개 마차를 타고 일립원으로 돌아갔다.

저녁이 되자 도운보는 가마를 타고 동안리 김교진의 집으로 갔다. 마침 왕연생도 동시에 도착했다. 그들은 가마에서 내려 인사를 하고 서로 양보를 하며 문을 들어섰다. 그런데 뜻밖에 아주의 아들이 골목 입구에서 다른 개구쟁이들과 놀고 있다가 왕연생을 보고 잽싸게 집으로 달려갔다. 그리고 곧장 이층 심소홍의 방으로 뛰어들어 가며 알렸다.

"왕 나리께서 김교진 집에서 술을 마셔요."

그런데 그때 무소생 소류아가 그 방에 있었다. 아주의 아들은 소류아와 심소홍이 서로 껴안고 있는 모습을 보고 깜짝 놀라 다리가 오그라들어 발이 떨어지지 않았다. 심소홍은 순간 부끄러웠지만 오히려 화를 내며 욕을 퍼부었다. 아주의 아들은 변명하지도 못하고 구시렁거리며 내려갔다. 아주는 무슨 일인지 묻고 아래층에서 고함을 쳤다.

"그 어린 것이 뭘 안다고 그래요. 저번에는 몇 번이나 왕 나리 보러 가라고 시켰잖아요. 왕 나리를 봤다고 알려주는데 그게 잘못이에요? 생각해봐요. 왕 나리가 왜 안 오시는지요? 무

海上花列傳
第四十一回
衝繡閣惡語牽三畫
曲徑

은 낯짝으로 아이를 욕해요!"

소홍은 이 말을 듣고 참지 못하고 탁자를 치고 발을 동동거리며 소란을 피웠다. 그러나 아주는 냉소를 지으며 말했다.

"소란 피우지 말아요! 난 아주머니예요. 마음에 안 들면 일 안 하면 그만이에요!"

소홍은 화가 치밀어 올라 소리를 질렀다.

"나가고 싶으면 나가. 그게 뭐 대단한 거라고!"

아주는 '흥, 흥' 냉소를 지으며 더 이상 대꾸하지 않았다. 그러고는 보따리에 자질구레한 짐들을 싸서 아들 손을 잡고 사람들에게 작별인사를 하고 조용히 나갔다. 아주는 자신이 빌린 조그만 방에서 하룻밤을 보냈다. 날이 밝자, 아주는 아들에게 방을 지키고 있으라고 하고 직접 소개업자를 찾아갔다. 그리고 이불을 가지러 다시 심소홍의 집으로 가서 그 가족들에게 일하지 않겠다고 단호하게 말하고 나왔다.

점심을 먹고 아주는 오마로의 왕공관으로 갔다. 문을 두들기고 밀어보니 방울소리가 났다. 잠시 후 문이 열렸다. 아주는 문을 열어주는 이가 요리사인 것을 보고 인사하지 않고 바로 응접실로 들어갔다. 그런데 요리사가 불러 세웠다.

"나리는 안 계시는데 이 층으로 올라가서 뭐 하시게?"

아주는 대답도 못하고 그야말로 진퇴양난, 이러지도 저러지도 못했다. 다행히 왕연생의 조카가 소리를 듣고 계단을 뛰어내려와 아주에게 물었다.

"무슨 할 말 있어요?"

아주는 대충 사정을 말해주었다. 그런데 이 층에서 장혜정이 그 이야기를 듣고 아주를 이 층으로 불러 올렸다. 아주는 '둘째마님' 하며 예의를 갖추어 인사했다.

혜정은 천으로 발을 싸면서 아주에게 앉으라고 하고 무소생 소류아의 이야기를 물었다. 아주는 마음속에 앙심을 품고 있어서 마치 광주리를 엎듯 이야기를 쏟아냈다. 혜정은 기분이 좋아져 웃어가며 이야기를 나누었다.

한참 이야기를 나누고 있을 때 왕연생이 가마를 타고 집으로 돌아왔다. 그는 아주를 보자 의아스러웠다. 왜 웃어가며 이야기를 나누고 있었는지 장혜정에게 물었다. 혜정은 웃으며 아주의 말을 그대로 전해주었다. 연생은 그래도 인정이 있는 사람이라 그냥 넘어갔다. 아주도 심소홍 이야기는 그만하고 자신의 사정을 구구절절하게 털어놓기 시작했다.

"공양리 주쌍주의 집에서 아주머니를 구한다고 하는데 왕나리께서 저를 좀 추천해주시겠어요?"

연생은 처음에는 거절했다. 그러나 아주가 재삼 부탁하여 마지못해 명함을 주며 홍선경에게 대신 부탁해보라고 했다. 아주는 감사 인사를 하고 날이 아직 저물지 않아 공양리로 갔다. 주쌍주의 집 앞에 벌써 가마가 두 대나 있는 것을 보고 분명 장사가 잘되는 기루라고 생각했다. 아주는 아금을 찾아가서 물었다.

"홍 나리 계신가?"

아금은 왕연생의 심부름이라 여겨 태만하게 대하지 못하고 직접 술자리가 있는 이 층 주쌍옥의 방까지 안내했다. 그 자리에는 진소운, 탕소암, 홍선경, 주숙인 네 명이 있었다. 모두와 안면이 있는 아주는 손님에게 각각 인사를 하고 소매에서 왕연생의 명함을 꺼내어 홍선경에게 올렸다. 그간의 상황을 설명하고 간곡하게 부탁했다. 선경이 입을 열기도 전에 주쌍주가 말했다.

"이 방에서 일해요, 교건 혼자 일을 다 할 수 없어서 한 사람을 더 쓸까 하고 있는데, 한번 해보겠어요?"

아주는 기뻐하며 대답하고 당장 교건을 도와 접대를 하며 술주전자를 들고 술을 가지러 계단을 내려가려고 했다. 그런데 느닷없이 서양 천으로 만든 손수건이 응접실 겹문 밖으로 살랑거리다 아주의 얼굴을 덮었다. 아주는 깜짝 놀라 소리쳤다.

"누구야?"

그 사람은 황급히 사과를 했다. 다름 아닌 아주가 알고 있던 주숙인의 집사 장수였다. 그래서 아주는 손수건을 던져주며 화를 꾹 참았다. 아주가 술을 담아 오자 김교진과 임취분은 동시에 작별인사를 하고 나갔다. 주쌍주 역시 방으로 돌아가려고 아금을 불렀다. 그러나 대답이 없었다. 아주가 재빠르게 말했다.

"제가 할게요."

아주는 두구함을 들고 건넛방으로 따라 들어갔다. 아주는 쌍주가 외출 의상을 벗자 가지런히 접어서 옷장에 넣었다. 또 물수건을 가져오라는 교건의 소리에 술자리가 끝났다고 생각하고 황급히 가서 자리를 정리했다.

홍선경은 일이 있다며 진소운, 탕소암과 함께 나가고 주숙인 혼자만 남았다. 주쌍옥은 그와 함께 있으면서도 서로 웃음만 주고받고 한마디도 하지 않았다. 아주는 분위기를 눈치채고 교건과 함께 아래층으로 피했다. 교건은 아주를 데리고 주란에게 갔다. 주란은 명절 아래 해야 할 일을 먼저 일러주고 이전에 사이가 좋았던 왕연생과 심소홍의 일을 물었다.

"요즘에 왕 나리께서 우리 쌍옥을 열 차례 이상 불렀네."

아주가 길게 한숨을 쉬었다.

"심소홍을 욕하려는 게 아니라, 왕 나리께서 심소홍에게 아무리 잘해줘도 소용없어요!"

이때 갑자기 아금의 아들 아대가 대문 밖에서 울면서 들어오길래 교건이 급히 나가보았다. 아주는 입을 다물고 주란과 안에서 가만히 엿들었다. 아대는 울기만 하고, 옆집 하인이 와서 알려주었다.

"아덕보가 싸워요! 빨리 가서 말려봐요!"

이 말을 듣자마자 주란은 싸움 상대가 장수일 거라고 짐작했다. 그리고 아주에게 어서 사람을 불러 말리라고 했다. 뜻밖에 이 층에서 주숙인이 이 소식을 듣고 깜짝 놀라며 얼굴이 흙빛으로 바뀌었다. 그리고 재빨리 장삼을 걸치고 연기처럼 빠져나가 아래층으로 뛰어 내려갔다. 주쌍옥이 뒤에서 불러도 소용없었다.

숙인은 뛰어 내려가다가 마침 방에서 나오는 아주와 정면으로 부딪혀 하마터면 넘어질 뻔했다. 아주는 그를 붙잡고 다짜고짜 말했다.

"왜 그렇게 급히 가세요! 도련님, 가지 마세요!"

숙인은 조급하여 필사적으로 손을 뿌리치고 뛰쳐나갔다. 공양리를 남쪽으로 빠져나가려고 골목 어귀를 돌아가는데 입구가 구경꾼들로 막혀 있었다. 정말로 아덕보가 장수의 머리채를 잡아 담벼락에 내동댕이치며 서로 싸우고 있었다. 구경꾼들은 소리를 질렀다. 숙인은 몸을 돌려 서쪽으로 빠져나와 돌아서 사마로를 지나 중화리 집으로 돌아왔다. 심장이 아직도 쿵쿵 뛰고 있었다. 장수도 뒤따라왔다. 머리에는 상처가 있었지만 장수는 인력거에서 떨어져서 다친 거라고 둘러댔다. 숙인도 따지지 않았다. 장수는 틈을 봐서 숙인에게 비밀로 해달라고 간청했다. 숙인은 그러겠다고 하면서도 등에 대고 조심하라고 훈계를 했다. 이때부터 장수는 다시 공양리에 가지 못하고 주숙인도 주쌍옥을 찾아갈 엄두를 내지 못했다.

이레나 여드레가 지났을까. 주쌍옥이 홍선경에게 대신 초대를 해달라고 부탁하고 나서야 숙인은 이전처럼 왕래하기 시작했다. 장수는 그가 부러운 나머지 질투가 났다. 그래서 숙인이 쌍옥의 머리를 얹어준 이야기를 일부러 동네방네 소문내며 떠들고 다녔다. 이 이야기는 결국 주애인의 귀에까지 들어가게 되었고 주애인은 동생 숙인에게 꼬치꼬치 캐물었다.

"정말이냐?"

숙인은 얼굴을 붉히며 고개를 숙이고 대답을 못했다. 주애인은 완곡하게 타일렀다.

"기녀와 노는 게 어떻다는 게 아니야. 나도 놀라고 했잖아. 주쌍옥은 처음에 내가 널 위해 불러준 기녀였잖아. 그런데 왜 지금 나를 속이려는 거냐? 내가 놀라고 한 것은 다 이유가 있어서야. 노는 걸 속이려고 한다면 그건 안 된다."

주숙인은 여전히 대답이 없었다. 주애인도 더 이상 말하지 않았다. 그런데 누가 알았을까. 주숙인은 고집이 센 데다 수치스럽기까지 하여 서재에 틀어박혀 한 발짝도 나오지 않았다. 그러나 주쌍옥의 자태, 목소리, 웃는 얼굴이 매일 그의 마음속으로 드나들었다. 그가 쓴 시에도 나타나고 꿈에서도 보였다. 결국 병이 나고 말았다. 주애인은 그 이유를 알고 있어 걱정이 되었다. 그래서 홍선경, 진소운, 탕소암 세 사람을 청하러 갔다. 셋은 자신이 없다며 선뜻 나서지도 못했고 방법도 없었다. 그래서 윤치원을 만나는 자리에서 말을 꺼냈다. 윤치원은 깜짝 놀라며 말했다.

"이런 일이라면 제대인과 상의해보게."

주애인도 나쁘지 않다고 생각하여 바로 마차를 불렀다. 그리고 윤치원과 함께 타고 일립원으로 가서 제운수를 만났다. 윤치원이 먼저 정색을 하며 말했다.

"천하제일의 일거리를 찾아왔으니 저에게 감사해야 하지 않겠습니까?"

제운수는 그 말을 이해하지 못했다. 주애인은 동생 주숙인이 겁이 많고 부끄러움을 타는 성격 때문에 상사병이 났다고 세세하게 이유를 말해주며 좋은 방법이 없는지 물었다. 운수는 껄껄 웃었다.

"이게 무슨 큰일이라고! 주쌍옥과 함께 우리 집으로 불러서 한 며칠 놀고 나면 낫게 될 걸세."

치원이 말했다.

"일거리를 가져왔으니 제가 거간꾼이 된 것 같습니다!"

그러자 제운수가 말했다.

"무슨 거간꾼? 자네는 사기꾼이라고!"

이 말에 모두들 한바탕 웃었다.

운수는 이튿날 바로 주숙인을 불러서 일립원에서 요양하라고 하였다. 주애인은 대단히 고마워했다. 치원이 말했다.

"자네는 오지 마. 괜히 형님이 있으면 이것저것 신경 쓰느라 불편해하니까 안 돼."

제운수도 말했다.

"병이 낫는 대로 얼른 정혼시키게."

주애인은 제운수의 말에 동의하며 공수하고 인사를 하고 나서 혼자 마차를 타고 집으로 돌아왔다. 그리고 급히 주숙인의 방으로 들어갔다. 그는 주숙인에게 몸 상태를 묻고 말했다.

"고아백의 말에 의하면 이 병은 밖에 나가서 기분을 전환해야 한다고 하는구나. 제대인이 일립원으로 와서 한 며칠 놀다 가라고 초대했다. 내 생각에 진맥도 받아볼 수 있으면 더 좋을 것 같구나."

주숙인은 가고 싶지 않았지만 형의 호의를 저버릴 수 없어 마지못해 받아들였다. 주애인은 장수에게 필요한 물건들을 꾸리라고 했다.

다음 날 팔월 초닷새, 해가 서쪽으로 넘어갈 무렵 초대장을 받았다. 주애인은 주숙인을 부축하여 중당에서 가마에 태웠다. 일립원 입구에 도착하자 제부의 집사가 가마꾼을 인도하여 일립원의 동북쪽 끝 호수 근처 호방(湖房) 앞에서 멈추었다.

제운수가 친히 그를 맞이하러 나와 굳이 인사하지 않아도 된다고 말했다. 그러나 주숙인은 허둥대며 가마에서 내렸다. 운수는 직접 그의 손을 잡아 부축해서 침실로 가 침대에 뉘었다. 방에는 휘장, 약탕기, 향로, 사발, 인삼통 등이 제 위치에 가지런히 놓여 있었다. 숙인은 안절부절 어쩔 줄 몰라 했다. 운수가 말했다.

"예의 차릴 필요 없다. 잠을 좀 자도록 하게."

제운수는 집사에게 조심스럽게 시중을 들라 하고 수각을 나섰다.

숙인은 그제야 마음이 놓여 몽롱해져서 잠시 누웠다. 그런데 동쪽 창밖 호숫가 멀리서 한 여인의 모습이 아스라이 보였다. 은색 비단 옷을 입고 대나무 그림자 안에서 한들한들 걸어왔다. 멀리서 바라보니 주쌍옥과 아주 비슷하였다. 아마도 눈이 침침해서 잘못 본 것이라고 의심하던 차에, 뜻밖에 그 미인이 한 바퀴 돌아 호방으로 들어왔다. 숙인은 앞으로 다가가서 자세히 보았다. 주쌍옥이 아니면 또 누구겠는가?

숙인은 처음에는 깜짝 놀랐고 이어서 당혹감을 감추지 못하다가 나중에야 정말 주쌍옥이라는 것을 알고 크게 기뻐하며 자기도 모르게 소리를 냈다.

"오!"

쌍옥은 침대 앞에 서서 애교가 흘러넘치는 눈빛으로 다정하게 바라보다 손수건으로 얼른 입을 가리고 웃었다. 숙인은 안간힘을 쓰며 일어나서 손을 잡으려고 하였다. 그러나 쌍옥은 오히려 물러나며 피했다. 숙인은 어쩔 수 없이 앉아서 물었다.

"내가 아픈 거 알았어?"

쌍옥은 웃음을 참으며 말했다.

"당신은 정말 이상한 사람이에요!"

숙인은 그 이유를 물었지만 쌍옥은 말하지 않았다.

숙인은 침대를 가리키며 쌍옥에게 가까이 오라고 애원하였다. 쌍옥은 집사 몇 명이 모두 바깥에 있는 것을 보고 입술을 내밀며 밖을 가리키며 다가가지 않으려 했다. 숙인이 손짓을 하다가 합장을 하고 고개를 숙이며 간절하게 애원했다. 쌍옥은 한참을 주저하다 탁자 쪽으로 다가가서 찻주전자를 들고 살구씨 차에 물을 반쯤 부어 숙인에게 올리고 침대 앞 술상 위에 앉았다. 이에 두 사람은 소곤거리며 한참을 마주 보고 이야기를 나누었다. 날이 어둑해질 무렵까지 이야기를 나누어도 숙인은 피곤한 기색 없이 병이 벌써 반은 나은 것 같았다. 집사가 방에 들어와 불을 켰지만 주인 제대인은 다시 찾아오지 않았고 다른 손님도 나타나지 않았다. 이날 밤 쌍옥이 직접 '십전대보탕'을 달여 숙인에게 먹이고 사랑을 나누며 땀을 흘리니 병마가 살며시 도망가버렸다. 다만 주숙인의 아랫도리가 약간 나른했다.

제운수는 집사가 전하는 소식을 듣고 아주 작은 남여(藍輿)[1]를 주숙인에게 보내었다. 주숙인은 봉의수각에서 감사 인사를 전했다. 운수는 인사를 말리지는 않았지만 다음부터는 이런 번다한 형식은 차리지 말라고 일렀다. 숙인은 마지못해 명을 받아들이고 고아백, 윤치원에게도 공수하여 예의를 갖추어 인사를 하고 서로 자리를 양보하며 앉았다.

한담을 나누려고 하는데 소관향과 주쌍옥이 손을 잡고 나왔다. 제운수는 갑자기 어떤 생각이 떠올라 소관향에게 말했다.

“요문군과 장수영도 불러서 쌍옥과 배석하라고 할까?”

관향은 당연히 좋다고 했다. 운수는 집사에게 하총관을 불러 오라고 했다. 그 자리에서 국표를 썼다. 하총관은 명을 받고 물러났다. 운수는 생각을 바꾸어 다시 그를 불러서 손님을 청하는 초대장도 주었다. 사천연, 화철미, 갈중영, 도운보 네 사람이 쓰여 있었다. 하총관은 명을 받고 물러났다.

주숙인은 특별히 고아백에게 금기시해야 하는 음식이 무엇인지 물었다.

“지금은 병이 다 나았으니 될 수 있는 대로 보약을 지어서 먹는 게 좋지만 특별히 삼가야 하는 음식은 없네.”

윤치원이 끼어들었다.

“쌍옥에게 물어보면 돼. 쌍옥의 의술이 아백보다 나을 걸세!”

그 말을 듣고 주숙인은 순간 얼굴이 붉어지며 몸 둘 바를 몰라 했다. 제운수는 그가 부끄러워하는 걸 보고 재빨리 다른 말로 돌렸다. 잠시 후, 집사가 아뢰었다.

“도운보 도련님 오십니다.”

곧이어 도운보와 담여연이 장수영을 데리고 들어오며 사람들에게 인사를 했다. 도운보가 주숙인에게 물었다.

“몸은 어떤가?”

숙인은 웃음거리가 될까 봐 얼버무렸다. 고아백은 도운보에게 말했다.

"자네 아우 애인 이수방의 병은 낫지 않을 거야."

운보가 놀라며 묻자 아백이 말했다.

"오늘 아침에 보고 왔는데 오늘내일 해."

운보는 자기도 모르게 탄식했지만, 수방이 죽으면 옥보를 가로막고 있던 장애가 도리어 사라질 수 있으니 나쁘지만은 않다고 생각했다. 그래서 더 이상 말을 꺼내지 않았다. 이어서 사천연, 화철미 그리고 갈중영이 각자 애인과 함께 속속히 모여들었다. 제운수는 주숙인의 병이 나아 신맛, 매운맛 등으로 위를 열게 하려고 특별히 요리의 대가를 불러들였다. 그리고 모든 사람들에게 각자 원하는 대로 요리를 주문하라고 하였다. 봉의수각에 네모난 탁자 세 개를 붙여놓고 식탁보를 깔았다. 모두 둘러앉아 앞에 놓인 술병을 따르며 서로 권하지 않고 각자 양만큼 마셨다.

제운수가 조용한 것 같아 사천연에게 물었다.

"전날 자네가 낸 『사서』 탑 쌓기는 그런대로 괜찮았네. 『사서』에 또 어떤 주령이 있을지 다시 생각해보게."

천연은 선뜻 생각이 떠오르지 않았다. 화철미가 말했다.

"생각하고 있는 게 하나 있습니다. 네 개의 음이 있는 글자를 『사서』 문장에서 찾는 겁니다. 예를 들면 행(行)자처럼요. '행기유치(行己有恥)'에서 행(行)의 음은 형(衡)이고, '공항자(公行子)'에서는 항(杭)이고, '강강여야(行行如也)'에서는 강

(茺), '이고기행(夷考其行)'에서는 하(下)와 맹(孟)의 반절이지요. 어떻습니까?"

고아백이 말했다.

"돈(敦)자는 음이 열세 개 정도 되는 것 같지만, 『사서』에서는 어려워. 나는 한 글자도 모르겠는걸."

주숙인이 말했다.

"사서 문장 중에서 사(射)자의 음이 네 개입니다. '사불주피(射不主皮)'에서는 신(神)과 야(夜)의 반절이고, '일불실숙(弋不射宿)'에서는 음이 실(實)이며, '신가약사(矧可射思)'에서는 약(約)이고, '재차무투(在此無射)'에서는 투(妬)입니다."

사람들이 일제히 찬탄을 하며 말했다.

"찾을 글자가 하나 더 줄어들었군!"

갈중영이 말했다.

"음이 세 개인 글자는 『사서』에 많아. 제(齊)자, 화(華)자, 낙(樂)자, 수(數)자가 있지. 음이 세 개뿐이라는 게 아쉽지만."

윤치원이 갑자기 흥이 나서 말했다.

"또 두 자가 더 있네. 벽(辟)자, 종(從)자 말이야. '상유벽공(相維辟公)'에서는 벽(璧)이고, '방벽사치(放辟邪侈)'에서는 벽(僻)이며, '현자피세(賢者辟世)'에서는 피(避)이고, '비여등고(辟如登高)'에서는 비(譬)잖아. '종오소호(從吾所好)'에서는 음이 장(墻)과 용(容)의 반절이고, '종자견지(從者見之)'에서는 재(才)와 용(用)의 반절이며, '종용중도(從容中道)'에서는 칠(七)

과 공(恭)의 반절이고, '종지순여야(從之純如也)'에서는 종(縱)이잖아. 그런데 『사서』에서 아무리 생각해봐도 음이 다섯 개인 글자는 없는 것 같은데."

제운수는 오히려 수염을 만지작거리며 말했다.

"나는 하나 알고 있는데. 그 글자를 말이야."

모두는 깜짝 놀라며 반신반의했다. 그러자 제운수가 말했다.

"다들 한 잔 비우고 나면 말해주지."

모두 술잔을 비우고 답을 기다렸다. 제운수는 먼저 웃으며 말했다.

"바로 치원이 말한 '벽(辟)'자. 벽(璧), 벽(僻), 피(避), 비(譬) 네 개 외에도 '욕벽토지(欲辟土地)' 문장의 주에는 음이 '벽(闢)과 같다'고 되어 있으니 당연히 별(別)과 역(亦)의 반절로 읽어야 하지. 그러면 음이 다섯 개 아닌가?"

"대단하십니다."

자리의 사람들이 일제히 말하자 고아백이 자세를 잡으며 말했다.

"『사서』 문장을 계속 생각해봤지만. '벽(辟)'자를 어떻게 찾아내셨습니까? 실로 놀랐습니다!"

윤치원이 말했다.

"어쨌든 말하지 않는 것보다는 낫지."

도운보는 사방을 둘러보고 웃음을 쪼개며 말했다.

"나에게도 말하지 않은 글자가 두 자 있는데…."

치원은 기세를 몰아 변명했다.

"말하지 않는 것은 그래도 괜찮아. 알고 있어도 말하지 않는다면야 열세 개짜리 음을 가진 글자가 어마어마하게 많아!"

그 말에 사람들은 박장대소하며 모두 치원이 말을 둘러대는 데는 타고났다고 했다. 화철미가 다시 말했다.

"또 다른 주령도 있습니다. 『사서』에서 앞 글자와 뒤 글자는 같으면서 음이 다른 것도 있어요. '조장시조(朝將視朝)'[2]라는 문장처럼, 그런 게 『사서』에 많이 있을 것 같습니다."

제운수가 말했다.

"'조장시조'라고 했으니, '왕지불왕(王之不王)'[3]으로 해보면 되겠군."

사천연이 말했다.

"치인불치(治人不治)[4]도 있습니다."

주숙인이 말했다.

"낙절예악(樂節禮樂)"[5]

갈중영이 말했다.

"행요지행(行堯之行)"[6]

고아백이 이어서 말했다.

"행걸지행(行桀之行)"[7]

윤치원이 말했다.

"자네는 다른 사람들 문장을 베끼고 있어. '낙교락(樂驕樂)',

'낙안락(樂宴樂)',[8] 한번에 베껴 가려고?"

고아백이 웃으며 말했다.

"그러면 '제자입즉효출즉제(弟子入則孝出則弟)'[9]는 어떤가?"

"뭘 그렇게 중얼거리나! 난 '여사언지도여(與師言之道與)'[10]라고 하겠네."

도운보 차례가 되었다. 운보는 한참을 생각하다 사람들에게 넌지시 말했다.

"하나 있긴 한데, 좀 복잡하긴 하지만 말이야."

모두들 그 문장이 무엇인지 물었다. 운보가 대답을 하려는 그때, 누군가 옆에서 끼어들어 도운보의 말을 잘라버렸다.

---

1 의자 가마
2 아침에 조정에 나간다. 『맹자』「공손추 하」
3 왕이 왕노릇을 하지 못한다. 『맹자』「양혜왕 상」
4 다른 사람을 다스리는 것에도 다스려지지 아니하다. 『맹자』「이루 상」
5 예악을 절도에 맞게 행하는 것을 즐거워하다. 『논어』「계씨」
6 요임금의 행동을 하다. 『맹자』「고자 하」
7 걸왕의 행동을 하다. 『맹자』「고자 하」
8 교만함을 즐거워하고, 잔치를 여는 것을 즐거워하다. 『논어』「계씨」
9 나이 어린 사람은 집에 들어와서는 효를 행하며 집을 나서서는 공손하여야 한다. 『논어』「학이」
10 악사와 더불어 말씀하는 도입니까? 『논어』「위령공」

42

난새의 사귐이 갈라져 이수방은 세상을 떠나고, 할미새의 곤경에 조바심을 내며 도운보는 상례에 임하다

拆鸞交李漱芳棄世 急鴒難陶雲甫臨喪

도운보가 『사서』 주령을 말하려는데 갑자기 집사가 일꾼 한 명을 데리고 들어왔다. 운보는 그 일꾼이 도옥보의 가마꾼인 걸 보고 무슨 일인지 물었다. 가마꾼은 몸을 숙여 귀에 대고 조용히 알렸다. 운보는 간단하게 대답했다.

"알았으니 그만 가거라."

가마꾼이 물러나고, 고아백이 물었다.

"이수방에게 좋지 않은 소식이라도?"

"아니. 옥보의 병 때문이네."

아백이 의아해하며 말했다.

"옥보가 병이 난 게 아니잖은가."

운보가 미간을 찌푸리며 말했다.

"옥보 혼자 그곳에서 수발을 들고 있으니 병이 날 수밖에! 수방의 병이 도지고 나서부터 옥보는 옷 한 번 벗지 못하고 수방을 돌보느라 며칠 밤을 새는 바람에 지금은 열병이 났다고 하네. 수방 엄마가 옥보에게 자라고 해도 옥보는 말을 듣지 않으니까 지금 수방 어미가 나보고 옥보를 타일러보라고 가마꾼을 보낸 거야."

제운수가 고개를 끄덕였다.

"옥보, 수방 모두 안됐고, 수방 어미는 더 안됐구나!"

운보가 말했다.

"서로 사이가 좋아질수록 상황은 더욱 힘들어집니다! 옥보가 전생에 그들에게 빚을 많이 져서 이생에서 갚고 있나 봅니다."

사람들은 그 말을 듣고 모두 탄식했다.

운보는 담여연에게 따라 나서지 말고 계속 그곳에서 시중을 들고 있으라고 했다. 그러나 담여연은 그의 말을 듣지 않고 아주머니에게 은 물담뱃대와 두구함을 챙기라고 했다. 운보는 미안해하며 실례를 범하게 되었다고 사죄의 말을 올렸다. 제운수는 주렴 앞까지 배웅해주었다.

도운보와 담여연이 계단을 내려가서 가마에 오르자 두 명의 집사가 각진 등롱을 들고 길을 밝히며 문 앞까지 인도했다. 담여연과 도운보의 가마는 일립원을 떠나 사마로로 돌아 들어갔다. 그리고 담여연의 가마는 성공화리로 돌아가고, 도운보의 가마는 동흥리 이수방의 집으로 갔다. 문 앞에 이르자 도운보는 가마에서 내려 오른편 이완방의 방으로 들어갔다. 대아금이 눈인사를 하고 찻잔을 가져온 뒤 아편을 채우려고 했다. 운보는 손을 저으며 물리쳤다. 그리고 대아금에게 둘째 도련님을 불러오라고 하였다. 대아금은 명을 받고 올라갔다.

잠시 후 도옥보가 왼쪽 편 이수방의 방에서 비틀거리며 나왔다. 뒤에는 이완방이 따라 나와 운보에게 인사를 하고 조용히 앉았다. 운보는 먼저 수방의 병세를 물었다. 옥보는 대답을 못하고 고개만 저었다. 그의 두 눈에는 실 끊어진 진주처럼 눈물이 뚝뚝 떨어지고 있었다. 손수건으로 닦을 새도 없이 소맷부리로 눈물을 훔쳤다. 완방은 옥보와 마루의 무릎 위에 올라앉아 옥보의 손을 잡고 놀란 얼굴로 그를 뚫어지게 쳐다보고 있었다. 옥보가 눈물을 흘리자 완방은 '앙' 하고 울음을 터뜨렸다. 대아금은 미처 그녀를 말리지 못했다. 옥보가 달래자 완방은 애써 울음을 참으려고 했다.

운보는 이 광경을 보고 그 역시 참담하여 완곡하게 옥보에게 말했다.

"수방의 병이 가련하니 네가 이곳에서 시중을 들어도 괜찮아. 그렇지만 몸은 챙겨야지. 내가 듣기로 지금 열이 있다는데, 사실이냐?"

옥보는 얼빠진 표정으로 눈물만 흘리며 한 마디 하지 않았다. 운보가 다시 말을 꺼내려는데 이수저의 목소리가 들려왔다. 왼쪽 편 주렴 아래에서 '둘째 도련님' 하고 불렀다. 옥보는 다급하여 운보를 내버려두고 얼른 나갔다. 완방도 곧바로 따라 나갔다. 운보도 왼쪽 방으로 건너가서 둥근 탁자를 사이에 두고 수방의 병세를 보았다. 이수방은 등에 몇 겹이나 되는 면 이불을 대고 침대에 앉아 있었다. 얼굴색은 백지장처럼 하얗고, 눈은 반쯤 감겨 있으며, 입으로는 거친 숨소리를 내고 있었다. 옥보는 침대 앞에 바짝 붙어 수방의 가슴을 누르고 천천히 쓸어내렸다. 아초는 침대 안쪽에 꿇어앉아 인삼탕을 담은 잔을 들고 있고, 수저는 침대 모서리에서 서양 수촉을 들고 서 있었다. 완방은 비집고 들어가려다 옥보 뒤에 숨어 몰래 지켜보고 있었다.

수저가 나가라고 해서 운보는 병세가 심하다고 생각하고 나가려고 하는데 갑자기 수방이 '그르렁' 소리를 내더니 짙은 가래를 뱉었다. 수저는 손수건으로 입에 갖다 대어 받아내고 살며시 닦아냈다. 이내 수방의 숨소리는 약간 진정되는 듯했다. 아초가 은수저로 인삼탕을 떠서 입술에 갖다 댔다. 수방은 입을 벌려 넘기려고 했으나 네댓 번을 떠 먹여도 겨우 반 정도만 삼킬 뿐이었다. 옥보가 부드럽게 물었다.

"좀 괜찮아?"

몇 번을 물은 뒤에야 수방은 겨우 눈꺼풀을 들어 올리고 잠시 쳐다보는듯 하더니 이내 눈동자를 돌리다 내리 깔았다. 옥

海上花列傳
第四十二回
拆鸞交李漱芳棄世

보는 싫다는 뜻으로 알고 몸을 일으키며 물러났다. 수저는 돌아서서 수축을 내려놓고 나서야 도운보가 앞에 있다는 것을 알았다. 수저가 황급히 말했다.

"아! 큰 도련님도 여기 계셨어요? 이곳은 불결합니다. 저쪽 방으로 건너가 계세요."

운보가 걸음을 돌려 방을 나가려고 하자 수저는 아초에게 침대에서 내려오라고 하고 옥보와 완방에게는 오른쪽 방으로 가라고 했다. 모두 자리에 앉지도 못하고 그곳에서 서서 멀뚱히 서로를 바라보았다. 완방은 놀라서 이 얼굴, 저 얼굴 보며 안절부절했다. 수저가 말을 이었다.

"수방의 병은 안 되겠어요! 처음에는 나아질 거라고 믿었는데 지금 보니 안 될 것 같아요. 그래도 어쩔 수 없지요. 그 애에게 안 좋은 일이 일어나도 우리들은 살아야죠. 그러니 그 애가 죽게 되어도 어쩔 수 없어요. 안 그래요, 큰 도련님?"

옆에서 이 말을 듣고 옥보는 단전에서부터 숨을 내쉬려다 말고 목구멍에서 막혀 끝내 울음을 터뜨리며 황급히 뒤쪽 방으로 물러났다. 운보는 모르는 척했다. 수저가 또 말했다.

"수방은 한 달 동안 앓고 있는데 아래위로 너무 많은 사람들이 힘들어요! 무엇보다 둘째 도련님이 한 달 동안 고생하고 계시죠. 하루 종일 잠도 자지 않고 그 애를 돌보고 있어요. 오늘 둘째 도련님 이마를 짚어보니 열이 나는데 큰 도련님이 타일러야 말을 들을 것 같았어요. 제가 둘째 도련님에게 '수방이 죽으면 둘째 도련님이 저를 돌봐줘야 합니다.'라고 말했어요. 저한테 둘째 도련님은 정말 제 자식이나 다름없으니까요! 지금 수방이 아픈데 둘째 도련님까지 아프면 어떡해요?"

운보는 이 말을 듣고 이마를 찌푸리며 깊은 생각에 잠겼다. 한참 뒤에 다시 대아금에게 둘째 도련님을 부르라고 했다. 대아금은 왼쪽 방으로 가서 그를 찾았지만 안에 없었다. 아초에게 물어봐도 없다고 했다. 누가 뒤쪽 수저의 방에서 옥보가 벽을 바라보고 앉아 흐느끼며 울고 있을 거라고 생각이나 했을까. 완방도 울면서 옷을 잡아당기며 말했다.

"형부, 울지 말아요!"

대아금이 그를 찾고 나서 말했다.

"큰 도련님께서 찾으세요."

옥보는 억지로 눈물을 거두며 잠시 조용히 있다가 완방을 데리고 왼쪽 방으로 나와 운보와 마주 보고 앉았다. 수저가 옆에서 시중을 들고 있었다. 운보가 남자는 따라 죽지 않는 법이며, 수방이 정실이라도 예의를 갖추어 슬퍼해야 하는데 하물며 지금 네 명분이 바르기는 한 것이냐며 한차례 훈계를 했다. 옥보는 말이 끝나기도 전에 대답했다.

"형님, 걱정 마십시오! 수방은 며칠 남지 않았습니다. 죽고 나서 뒷일이 제대로 정리되고 나면 집으로 돌아가서 절대 문밖을 나서지 않겠습니다. 형님께서는 다른 쓸데없는 이야기는 듣지 마십시오. 수방도 힘들어요. 가장 의지하는 사람이 수

발을 들지 않으면 저 자신이 차마 견딜 수 없어서 이렇게 하고 있는 것입니다."

"너도 총명한 사람인데 설마 잘못 생각하겠니? 네 말대로라면 됐다. 열이 있다고 하는데 좀 자지 그러냐?"

옥보는 말했다.

"낮에 못 잤으니 지금 자야죠. 형님 걱정 마십시오."

운보는 할 말이 없어 가려고 했다. 그런데 수저가 말했다.

"또 상의할 게 있어요. 요사이 수방의 병세가 나빠져서 액막이 잔치[1]를 준비할까 하는데, 둘째 도련님은 나아질 거라고 못하게 해요. 지금부터 준비해야 하는데. 안 그러면 못할 것 같아요."

"그것은 해도 되고 안 해도 돼. 낫고 나서 해도 괜찮고."

운보는 이 말을 하고 일어났다. 옥보 역시 일어나 배웅하려고 했다. 완방은 옥보가 그와 함께 돌아갈까 봐 그를 놔주지 않았다. 운보도 옥보에게 있으라고 하고 바람 쐬지 말고 일찍 자라고 단단히 당부했다. 수저가 배웅하러 방에서 나왔다. 운보는 수저에게 말했다.

"옥보도 잘 모를 테니 만약 무슨 일이 있으면 사람을 서공화리로 보내 나에게 알려주게. 내가 와주겠네."

수저는 감사의 인사를 했다. 운보는 옥보의 가마꾼에게 꼭 통보하라고 당부했다. 수저는 대문 밖까지 배웅하며 가마에 올라타는 것을 보고 돌아왔다. 운보는 여전히 마음이 놓이지 않아 서공화리 담여연의 집으로 가서도 가마꾼을 보내 동흥리 둘째 나리가 잠을 자는지 알아보라고 했다. 잠시 후 가마꾼이 왔다.

"둘째 도련님은 잠자리에 드셨지만 열은 아직도 있다고 합니다."

운보는 가마꾼에게 말을 전하게 했다.

"한기가 들면 땀을 흘리는 게 좋으니 이불을 푹 덮고 땀을 내라고 일러라."

가마꾼은 명을 받고 다시 돌아갔다. 운보는 죽을 먹고 담여연과 함께 침실에 들었다.

다음 날 아침, 잠에서 깨어 소식을 물으려고 하는데 마침 옥보의 가마꾼이 아뢰었다.

"둘째 나리께서 많이 좋아지셨고 선생님도 조금 나아졌습니다."

그제야 운보는 마음을 조금 놓고 일어나 세수를 했다. 그 사이 장수영의 아주머니가 옷 등의 물건을 가지러 일립원에서 돌아오면서 제운수의 편지를 가지고 왔다. 저녁에 작은 술자리가 있어 운보를 초대한다는 것과 이수방의 병세를 묻는 것이었다. 운보는 답장을 써서 아주머니에게 주었다.

"특별한 일 없으면 간다고 전해 드려라."

열두 시가 되어도 운보는 아직 점심을 끝내지 않았는데 갑자기 옥보의 가마꾼이 허겁지겁 뛰어와 이수방이 세상을 떠났다고 전했다. 운보에게 중요한 사람은 옥보이기 때문에 젓가락을 내려놓고 속히 가마를 타고 동흥리로 갔다. 가는 도중 일을 도맡아 처리할 방도를 먼저 정해야겠다고 생각하고 문 앞에 이르러 가마꾼에게 진소운과 탕소암 두 사람을 모시고 오라고 했다.

운보는 발걸음을 떼며 문으로 들어갔다. 왼쪽 방에는 여섯 개 문짝의 유리 창문이 활짝 열려 있고 문 앞 주렴도 걷혀 있었다. 마당에는 이불이며 옷이며 지전과 은박을 태워 연기가 피어오르다 바람에 사방으로 흩어졌다. 방 안에서는 하늘을 진동하는 통곡소리와 정리하느라 시끄러운 소리들이 뒤섞여 옥보의 목소리를 분간하지 못했다.

마침 하인 계복이 침대 휘장을 걷어 대충 말아서 어깨에 메고 방에서 나오다 운보를 보고 안쪽을 향해 큰 소리로 말했다.

"큰 도련님이 오셨습니다."

운보는 오른쪽 방으로 가서 혼자 앉아 기다렸다. 갑자기 이수저의 다급한 목소리가 들렸다.

"둘째 나리, 안 돼요!"

아주머니와 어린 여자 하인들이 쫓아 들어갔다. 가마꾼들도 모두 창문으로 고개를 빼고 들여다보았지만 무슨 일인지 알 수 없었다.

이어 수저와 아주머니가 옥보를 둘러싸고 앞에서 당기고 뒤에서 밀며 끌고 나왔다. 옥보는 너무 울어 목소리가 나오지 않

아 마른 목으로 울고 있었다. 발아래도 분간할 줄 몰라 넘어져 가며 오른쪽 방으로 들어갔다. 운보는 침대 난간에 부딪혀 부어오른 옥보의 이마를 보고 속이 상해서 발을 구르며 말했다.

"이게 무슨 꼴이냐!"

옥보는 운보가 화내는 것을 보고 슬픔을 조금 누르는가 했더니 돌아서다 의자 위에 쓰러졌다. 수저는 장례식을 의논하려고 하는데, 아초가 응접실에서 불렀다.

"엄마, 와봐요. 완방이 아직도 언니를 부르고 있어요. 침대에 올라가 일으키려고 잡아당기고 있어요."

수저는 황급히 다시 들어가서 완방을 끌고 나왔다. 완방은 더 심하게 울어 눈물범벅이 되어 있었다. 수저는 몇 마디 나무라고는 옥보에게 달래보라고 했다. 마침 진소운이 도착했다. 운보가 그를 맞이했다. 소운이 먼저 말했다.

"소암은 주숙인의 혼인 때문에 항주에 갔다네. 무슨 일인가?"

운보가 장례를 부탁하는 뜻을 비치자 소운은 수락했다. 운보는 옥보에게 분명하게 말했다.

"지금 사람은 죽고 없고, 너는 일을 못하니 여기에 있을 필요가 없다. 내가 소운에게 대신 일을 봐달라고 부탁했으니 우리 두 사람은 돌아가자."

옥보가 다급히 말을 했다.

"그러면 형님, 초사흘과 초닷새에는 오게 해주실 거죠?"

이 한마디를 하다 말고 또 울음이 나와 말을 잇지 못했다. 운보가 말했다.

"아니, 지금 갔다가 나중에 다시 와도 돼. 나는 잠깐 바람 쐬라고 그러는 거야."

수저도 거들었다.

"큰 도련님과 함께 가서 그렇게 하세요. 둘째 도련님이 여기에 있으면 저도 마음이 놓이지 않아요."

소운도 끼어들며 말했다.

"그렇게 하는 게 좋아. 만약 무슨 일이 있으면 내가 부를게."

옥보는 그들의 말에 못 이겨 고개를 숙인 채 가만히 있었다. 운보는 가마를 불러 직접 옥보를 데리고 함께 갔다.

"우리는 맞은편 서공화리에 간다."

완방은 맞은편이라는 말을 듣고 그들이 수방을 보러 가는 줄로만 알고 먼저 왼쪽 방으로 뛰어갔다. 아초가 막아섰지만 말리지 못했다. 기다려도 아무도 오지 않자 완방은 망연자실하여 응접실로 뛰쳐나왔다. 옥보가 문 앞에서 가마를 타고 있는데, 완방이 앞뒤 가리지 않고 울며불며 대문 밖으로 뛰쳐나오다 가마에 정수리를 세게 박았다. 수저는 눈치가 빨라 얼른 따라 나와 완방의 허리를 잡았다. 완방은 여전히 고집을 부리며 버둥거렸다. 옥보가 말했다.

"같이 가."

그의 말에 수저는 완방을 놓아주었다. 완방은 바로 몸을 숙여 가마에 올랐다. 처음에는 옥보에게 토라져 있다가 옥보가 달래주자 금방 풀어졌다.

가마꾼은 서공화리 담여연의 집으로 갔다. 운보가 가마에서 내려 옥보와 완방을 데리고 이 층 방으로 들어갔다. 여연은 옥보와 완방의 눈물이 아직 다 마르지 않은 것을 보고 수방의 죽음을 짐작했다. 남자 하인이 물수건을 올리자 운보가 완방을 닦아주어야 한다며 물수건 두 개를 더 가져오라고 했다. 여연은 아예 아주머니에게 세숫물을 떠 오라고 해서 머리손질 도구를 가져와 완방의 머리를 빗어주고 화장을 해주었다. 완방은 거절할 수도 없었다. 옥보는 아편침대에 앉아 선잠이 들었다 깨기를 반복했다.

얼마 후 진소운이 찾아와 물었다.

"관은 무원[2]산도 괜찮고 조금 비싼 녹나무도 괜찮은데. 어느 걸 쓸까?"

옥보가 말했다.

"녹나무를 쓰죠."

운보는 아무 말 하지 않았다. 소운이 말했다.

"옷 비용은 여기에 있네. 그쪽에서는 봉관하피[3]를 하자고 하는데 어떤가?"

옥보는 대답하지 않고 운보를 바라보았다. 운보가 말했다.

"상관없지 뭐. 어쨌든 옥보는 이 원만 쓰면 되고 이 씨의 일은 우리 도 씨와 상관이 없잖아. 그들이 하고 싶은 대로 하고 직접 돈을 쓰라고 하면 돼."

소운이 또 말했다.

"음양 선생이 보니 초아흐레 오시에 입관하고 미시에 출상하고 초열흘 신시에 안장하자고 하네. 서가회[4]에 묘를 쓰기로 하고, 내일 당장 미장을 불러서 구덩이를 파는 게 더 중요해."

운보와 옥보가 동시에 알겠다고 말했다.

소운은 말을 끝내고 갔다.

날이 저물자 옥보는 해야 할 일이 생각났다며 가려고 했다. 운보는 만류했지만 말을 듣지 않아 하는 수 없이 그와 함께 동행을 하였다. 완방도 당연히 따라나서며 옥보와 함께 가마에 올라탔다. 동흥리 이수방의 집에 도착해보니 수방의 시신은 이미 응접실 중앙에 실려 나와 있고, 남색 상복을 입은 네 명의 비구니가 영구 앞에 앉아 염불을 하고 있었다. 왼쪽 방에는 가스등을 밝히고 예닐곱 명의 바느질꾼들이 자리를 펼쳐놓고 상복을 짓고 있었다. 진소운은 오른쪽 방에서 이수저와 수의를 점검하고 있었다.

이런 광경을 보자 도옥보는 마음이 찢어져 견딜 수가 없어 운보를 뒤로하고 뒷방 이수저의 방으로 가서 손으로 의자와 탁자를 치며 목 놓아 울었다. 이에 이완방은 화답이라도 하는 듯 밖에서 울었다. 이수저가 달래려고 다급히 들어가려는데 오히려 도운보가 붙잡았다.

"달래지 마. 우는 것도 괜찮아. 좀 울면 나아질 거야."

이수저는 대아금에게 차를 준비해 시중을 들게 했다. 수의를 점검하고 정리를 다해도 뒷방 울음소리는 그치지 않았다. 그러나 이제는 우는 소리가 아니라 고함지르는 소리 같았다. 도운보가 말했다.

"지금 가서 달래보게."

이수저가 들어가자마자 울음소리가 그쳤다. 옥보는 뒷방에서 나와 얼굴을 씻고 입을 헹구었다. 완방은 옥보에게 꼭 달라붙어 조금도 떨어지려고 하지 않았다. 도옥보는 조금 마음이 편안해져 이수저에게 입관할 때 갖출 머리장식에 대해 물었다.

"머리 장식은 많은데 옷이 조금 부족해요."

"진주문양과 진주가 상감된 것은 좋아하지 않았고 오히려 큰 진주를 좋아했으니 그것으로 모자를 만드는 게 좋을 거예요. 또 양지옥폐를 항상 단추 위에 달고 다녔으니 그것도 잊지 말고 넣어줘요."

"알겠습니다."

옥보는 마음속에는 할 말이 많았지만 순간 떠오르지 않았다. 운보가 말했다.

"울고 싶으면 언제든지 와서 울어도 괜찮아. 그런데 오늘밤에는 여기 있지 말고 나와 함께 서공화리로 가자. 서공화리는 바로 이웃집이니 할 말이 있으면 당장이라도 올 수 있어. 여기서도 너를 부르기 좋으니 모두 편해. 안 그러냐?"

옥보는 차마 거역할 수 없어 그의 뜻을 따랐다. 운보는 진소운에게 서공화리로 와서 식사를 하자고 했다. 그러나 수저는 완강하게 그를 붙잡았다. 운보가 말했다.

"우리는 손님이 아니어서 여기서 식사를 하면 불편하네."

"여기서 준비한 요리를 그곳에서 데워 드시면 되니까 보내드리겠습니다."

운보가 수락했다. 나오려고 하는데 또 완방이 옥보를 잡고 놔주지 않았다. 운보가 웃었다.

"그러면 같이 가자"

완방은 옥보의 옷자락을 잡아당기며 가마를 타려고 하지 않았다. 그래서 소운과 운보는 앞뒤에서 비호하듯 함께 걸어갔다. 담여연의 집에 도착하자 하인 계복이 대나무 광주리를 들고 뒤따라와서 이 층 방에 올려놓았다. 깔끔하게 차려진 음식이었다. 운보는 여연과 완방에게 와서 같이 먹자고 했다. 옥보는 술 한 모금 마시지 않았다. 소운은 일이 아직 끝나지 않아 주흥이 나지 않았다. 그래서 세 잔만 돌리고 옥보, 완방과 함께 간단히 식사를 끝냈다. 여연만이 운보를 모시고 잔을 비웠다. 운보는 술로 슬프고 답답한 마음을 달래려고 했지만 약간 취기가 오르자 그만두었다. 소운도 식사 후 곧장 나갔다. 운보는 여연과 의논하여 정자간에 옥보의 잠자리를 봐주었다.

이날 밤 옥보는 너무나 절망적인지라 어찌할 바도 없고 해서 오히려 몸과 마음을 내려놓으니 코를 골 정도로 깊은 잠에 빠졌다. 다만 완방은 옥보 옆에 누워 선잠이 들어 꿈속에서 헤

매다 수시로 놀라 깨어났다. 초여드레 아침, 완방은 꿈속에서 갑자기 울부짖었다.

"언니! 나도 갈래!"

옥보는 다급히 불러 깨우고 껴안았다. 완방은 멍한 얼굴로 흐느끼며 울었다. 옥보는 아무 말도 묻지 않고 옷을 입고 일어났다. 이 때문에 운보와 여연도 깜짝 놀라 보통 때보다 일찍 깨었다.

간식을 먹고 옥보는 홀로 동흥리로 가려고 했지만 운보는 마음이 놓이지 않아 같이 갔다. 완방 역시 따라다니며 떨어지지 않으려고 했다. 옥보는 아침부터 저녁까지 세 번을 왔다 갔다 했다. 그때마다 통곡을 하며 울어 운보의 속을 태웠다.

---

1 병이 위중할 때 혼례 등과 같은 경사스러운 일을 거행하여 액을 없애는 미신 행위의 하나로, 충희(沖喜)라고 한다. 병이 오랫동안 낫지 않는 환자와 정혼자 혹은 다른 사람과 혼인을 한다.

2 婺源 : 강서성 무원현을 말한다.

3 鳳冠霞帔 : 고관대작 집안의 여자가 혼인할 때 입는 혼례복

4 徐家匯 : 상해 중심지역의 서남쪽에 위치하고 있다.

43

그 방에 들어가니 사람은 죽고 없으나 물건은 그대로여서 슬프고, 그 말을 믿고 사별하고도 살아 돌아오기를 바라다

入其室人亡悲物在 信斯言死別冀生還

팔월 초아흐레, 도운보는 단잠을 자다 폭죽소리에 깼다. 깨어나 보니 멀리서 북소리와 피리소리가 들려왔다. 그는 늦잠을 잔 줄 알고 급히 일어났다. 담여연도 놀라 일어나며 물었다.

"뭐 하세요?"

"늦었어."

"아직 일러요."

"더 자. 나는 먼저 일어날게."

이어 아주머니를 불러 물었다.

"둘째 도련님은 아직 일어나지 않았느냐?"

“도련님은 날이 밝자마자 가마도 타지 않고 바로 갔습니다.”

운보는 세수를 하고 입을 헹구고 급히 갔다. 동흥리 입구에 이르자 이수방의 집 앞에는 두 개의 촉등[1]이 세워져 있었다. 아이들이 아주 시끌벅적하게 왔다 갔다 하며 뛰어다녔다.

운보는 가마에서 내려 응접실로 들어갔다. 응접실 한가운데 영구가 놓여 있고 그 앞 탁자 위에는 하얀 비단에 쓴 신위가 있었다. 양 옆으로 찻잔이 八자 모양으로 배열되어 있고 그 위에 금칠을 한 긴 쟁반이 각각 올려져 있었다. 그중 한 쟁반에는 봉관하피를, 또 다른 쟁반에는 금주 머리장식을 올려놓았다. 고향에서 온 여자 손님 몇 명은 여기저기 구경하며 돌아다니다가 정말 부러워서 “복이 많아”라며 다들 감탄하고 재잘거렸다. 십여 명의 남자 손님들은 왼쪽 방에 앉아 이런저런 주제로 열띠게 이야기를 나누었다. 아마도 이수저의 친척인 모양이었다. 도운보는 분명 그곳에 옥보는 없을 거라고 생각했다. 운보는 오른쪽 방으로 들어갔다. 진소운이 하인들에게 일을 나눠주고 있고, 해야 할 일이 산더미처럼 쌓여 있는 것이 짬 내기가 어려워 보였다. 벽 쪽에 갖다 놓은 탁자에 흰 수염이 난 노인이 앉아 있었다. 그는 회계 선생으로, 상부(喪簿) 한 권을 펼쳐놓고 사람들이 보내온 부의 품목을 기록하고 있었다. 선생은 운보를 보자 손을 내리고 일어났지만 감히 인사를 올리지 못했다. 옥보가 어디에 있는지 묻자 그 선생은 손으로 가리키며 말했다.

"이쪽에 있습니다."

운보는 돌아서며 그를 찾아갔다. 도옥보는 둥근 탁자 위에 두 팔을 고리짝처럼 모아 머리를 파묻고 엎어져 있었다. 얼굴을 가린 채 숨소리조차 없었다. 그러나 때때로 갑자기 머리를 흔들며 어깨를 움찔거렸다. 운보는 그가 울음을 삼키며 흐느끼고 있다고 생각하고 내버려두었다. 그는 하인들이 다 나가고 난 뒤 소운을 만나 옥보를 보내야겠다는 뜻을 내비치었다. 그러자 진소운이 말했다.

"지금 가려고 하겠어? 나중에 장례식이 다 끝나는 거 봐서."

"언제까지 기다려야 하나?"

"곧. 밥 먹고 출발하면 끝나."

운보는 하는 수 없이 탑상에 누워 아편을 피웠다. 잠시 후 식사하라는 전갈이 왔다. 탁자 세 개가 놓인 왼쪽 방에는 본가 친척 및 예악인, 폭죽 터뜨리는 사람들이 가득 메우고 있었다. 오른쪽 방은 진소운, 도운보, 도옥보 세 사람이 탁자 하나를 사용했다.

자리에 앉으려는데 담여연의 집 하인이 방으로 들어왔다. 운보가 무슨 일인지 물었다. 하인은 부의를 보내왔다며 소매에서 문갑을 꺼내 탁자 위에 올렸다. 문갑 안에는 부의 봉투가 하나 있고 담여연의 명함이 끼워져 있었다. 운보는 우스웠지만 그냥 내버려두었다. 이어 또 부의를 보내오는 사람이 있었다. 그늘색 끈이 달린 여름 모자를 쓰고 쟁반을 들고 왔다.

바로 제운수의 집사였다. 그래서 운보는 황급히 일어나 쟁반을 받았다. 쟁반 안에는 지전과 장례식에 사용하는 담황색 천 세 묶음, 세 장의 하얀색 첩자가 있었다. 그 첩자에는 소관향, 요문군, 장수영의 이름이 적혀 있었다. 운보는 집사에게 웃으며 말했다.

"대인께서는 정말 세심하시네! 사실 굳이 이렇게까지 할 필요 있나?"

집사가 그렇다고 대답하고 다시 아뢰었다.

"대인께서 만약 둘째 나리 마음이 견디기 힘들면 놀러 오라고 하셨습니다."

"돌아가거든 대인께 감사 인사를 전하고, 며칠 후에 둘째 도련님이 인사드리러 간다고도 전하게."

집사는 대답을 하고 쟁반을 들고 나갔다. 세 사람은 그제야 자리에 앉았다. 소운은 아래 자리가 비어 있기에 회계 선생을 불렀다. 그러나 선생은 끝까지 오려고 하지 않았다. 그래서 이완방을 불러 아래에서 시중들라고 하였다. 옥보는 입에 술을 대지 않을 뿐 아니라 물 한 모금 마시지 않고 밥 한 톨 입에 넣지 않았다. 운보도 굳이 강권하지 않았다. 모두 죽을 먹고 자리에서 일어났다.

식사 후 소운은 바깥으로 나가 일을 감독했다. 옥보는 사람들의 비웃음이 두려워 한쪽으로 비껴 서 있었다. 운보는 하얀 옷을 입어 홍백이 더욱 선명하게 드러나 보이는 완방을 보니 그 모습이 가련하기도 하고 귀엽기도 하여 손을 잡고 탑상으로 가서 시시콜콜한 이야기를 했다. 평소 영민했던 완방은 멍한 눈빛을 하고 한마디 물으면 한마디만 대답했다.

그때 갑자기 한 사람이 응접실에서 소리를 내자, 마당에서 붉은색과 검은색 모자를 쓴 네 명이 소리를 질렀다. 곧이어 큰 폭죽을 세 번 터뜨리자 나발을 아홉 번 불었다. 완방은 놀라서 방 뒤쪽으로 뛰어나갔다. 옥보는 이미 어디로 갔는지 알 수 없었다. 운보는 살펴보려고 일어났지만 응접실에는 사람들로 빽빽하게 들어찼고, 울부짖는 소리에 입관을 했는지도 알 수 없었다. 잠시 후 또 소리를 내자 북소리, 나발소리, 폭죽소리가 연이어 났다. 상복을 입은 사람과 여자 손님이 일제히 슬피 울었다. 운보는 물러나 다시 드러눕고 조용히 기다렸다. 북소리와 나발소리가 나자 이어서 종소리와 염불소리가 들렸다. 아마도 염을 끝내고 물을 뿌리는 속례(俗例)[2]를 하는 것이라고 추측했다.

속례가 끝났는데도 한참 동안 움직임이 보이지 않았다. 운보가 다시 살펴보려고 하는데 소운이 사람들 속에서 비집고 불쑥 나와 방문 앞에서 손짓했다. 운보는 황급히 가서 보았다. 옥보가 두 손으로 관을 움켜잡고 허리를 숙이다 그만 상체가 관 속으로 빠지고 만 것이었다. 이수저가 온 힘을 다해 떼어내려고 했지만 꼼짝도 하지 않았다. 운보가 앞으로 가서 뒤에서 끌어안고 방으로 끌고 갔다. 이때 바깥에서는 나발과 폭죽소리가 일제히 울려 퍼지고 곡소리도 들렸다. 관을 닫자 구경꾼들은 점점 사라졌다.

나발과 북이 울리고 장의사가 제를 올렸다. 운보는 방문을 지키며 옥보가 밖에 나가지 못하게 했다. 양자로 들여온 형제, 완방, 아초 그리고 이 층의 기녀 두 명은 한 명씩 나와 절을 했다. 본가 친척과 손님들이 이어서 절을 했다. 소운이 대문을 나와 손짓하며 부역 한 명을 응접실로 불러 제사상을 치우게 하고 새끼줄을 묶었다. 폭죽소리가 나자 여러 명의 부역꾼들은 소리를 내며 어깨에 관을 멨다. 붉은색과 검은색 모자를 쓴 사람들은 나발과 북을 치고 갈도하며 스님의 행렬과 함께 먼저 나가 골목 입구에서 기다리고 있었다. 상여는 천천히 움직이기 시작했다. 수저는 식솔들을 이끌고 걸어가며 곡을 했다. 친척들 중에는 상여를 따라나서는 사람도 있고 그러지 않는 사람도 있었다. 모두 어수선하고 떠들썩하게 떠나갔다.

옥보는 시끌벅적하고 혼잡한 틈을 타 갑자기 운보의 겨드랑이 아래로 파고들어 가며 빠져나가려고 했다. 그러나 운보가 곧바로 붙들었다. 옥보는 어쩌지도 못하고 화를 내며 발을 동동거렸다. 그러자 운보가 말했다.

"지금 가서 어쩌겠다는 거냐? 내일 나와 같이 돌아서 서가회로 가는 게 맞아. 지금은 배로 보내는 것 외에 다른 일도 없는데 왜 그러느냐?"

第四十三回
十五

옥보는 그 말을 듣고 보니 맞는 말이라고 생각되어 그만두었다. 운보는 즉시 서공화리로 끌고 가려고 하였으나 옥보는 장례식이 끝나면 돌아가겠다고 하였다. 운보는 마지못해 그의 생각을 따랐다. 그러자니 한참을 기다려야 했다.

옥보는 수방의 유물이 생각났다. 수저가 정리했는지 궁금하여 운보를 뒤로하고 살펴보러 왼쪽 방으로 갔다. 문지방을 들어서며 사방을 둘러보고 깜짝 놀랐다. 방 안은 텅 비어 있고, 상자들은 모두 자물쇠로 채워져 있었다. 침대 위에는 의자 두 개가 아무렇게나 올려져 있었다. 벽에 걸린 가스등은 부서져 금방이라도 떨어질 것 같았고, 그림도 떨어져 나가 있었다. 바닥에는 닭뼈와 생선뼈들이 어지러이 널려 있었다.

옥보는 이 모두가 수방이 죽고 사라져버렸기 때문이라는 생각이 들어 자기도 모르게 슬프게 울었다. 운보는 옥보가 실컷 울게 놔두었다. 옥보는 울면서 침대 앞으로 걸어갔다. 그런데 갑자기 검은 물체가 화장대 아래에서 나오더니 눈 깜짝할 사이에 사라졌다. 옥보는 순간 멍해져서 혹여 수방의 영혼이 지금 이렇게 나타나서 울지 말라고 하는 것은 아닌가 생각하며 울음을 그쳤다. 마침 진소운이 돌아오자 옥보는 급히 나가 맞이하며 소식을 물었다.

"배에서도 일이 잘 진행되어 내일이면 관을 내릴 수 있을 거야. 내일 서가회로 돌아가면 되네."

운보는 더 이상 참지 못하고 가마꾼도 기다리지 않고 옥보에게 빨리 가자고 재촉했다. 옥보는 마당으로 걸어 나왔다. 그때 하얀 털이 드문드문 있는 검은 고양이 한 마리가 물항아리 뚜껑 위에 웅크리고 앉아 고개를 젖히고 입맛을 다시며 울음소리를 내고 있었다. 옥보는 수방의 방에서 본 검은 물체가 바로 이 짐승인 것이라는 걸 깨닫고 한숨을 쉬었다. 그리고 운보를 따라 서공화리 담여연의 집으로 갔다.

그때 가을 구름이 시커멓게 뭉치더니 해를 가렸다. 저녁이 되자 추적추적 비가 내리기 시작했다. 운보는 갑갑하고 답답하여 좋아하는 음식 몇 가지를 주문해서 진소운에게 일이 끝나는 대로 건너와 식사를 하자고 청하였다. 소운은 이완방을 데리고 왔다. 옥보는 이상해서 무슨 일이냐고 물었다.

"형부를 찾는다고 어미에게 한바탕 소란을 피웠네."

완방은 옥보 옆에 꼭 달라붙어 조용히 알려주었다.

"형부, 알아요? 언니 혼자 배에 있어요. 우리도 돌아왔고 계복까지 돌아왔다 말이에요. 나중에 모르는 사람이 배를 저어 가버리면 어디서 가서 찾죠?"

소운과 운보는 그 말을 듣고 그만 웃음이 터져 나왔다. 옥보는 그녀를 듣기 좋은 말로 잘 달래주었다. 담여연이 옆에서 고개를 끄덕이며 탄식하며 말했다.

"언니가 없어 힘들지?"

운보가 화를 냈다.

"그 애를 울리려는 거야? 이제 겨우 그쳤는데 또 울리려고 해!"

여연은 물방울 같은 눈물을 그렁거리는 완방을 보고 웃으며 완방의 손을 잡고 가까이 오게 했다. 그러고는 나이가 몇이며 누가 노래를 가르쳐주었는지, 대곡은 몇 곡을 배웠는지 등을 물었다. 한참 멋쩍고 어색할 때 저녁식사가 올라왔다. 운보와 소운은 대작을 하고 여연은 조금씩 마셨다. 옥보와 완방은 먼저 식사를 끝냈다. 운보는 옥보가 하루에 반 그릇도 먹지 않았다는 걸 알고 있었지만 강권하지도 못했다. 대신 상냥한 어투로 말했다.

"오늘 일찍 일어났으니 좀 자야지? 먼저 자러 가도 된다."

옥보 역시 기분이 나지 않아 완방과 함께 인사를 하고 정자간으로 가서 자려고 방문을 잠갔다. 사실 옥보는 이때 정자간에 와서도 잠들지 못하고 등불을 끄고 답답한 마음으로 목석처럼 앉아 있었다. 완방은 가까이 붙어 앉아 무슨 생각에 골똘히 잠겼는지 한 곳을 주시하고 있었다. 잠시 후 완방이 갑자기 말했다.

"형부 들어봐요! 지금 비가 그쳤어요. 우리 언니 보러 배에 다녀와요. 네?"

옥보는 대답은 하지 않고 고개만 저을 뿐이었다. 완방이 말했다.

"괜찮아요. 다른 사람이 모르게 하면 되죠."

옥보는 아무것도 모르는 완방의 모습에 더욱 비참해져서

순간 주루룩 눈물이 흘러내렸다. 완방이 놀라며 물었다.

"형부, 왜 울어요?"

옥보는 손을 저으며 그녀에게 '소리 내지 마' 하고 말했다. 완방은 몸을 돌려 옥보를 껴안았다. 옥보가 눈물을 거두고 진정하자 완방은 다시 말했다.

"형부, 할 말이 있어요. 다른 사람한테 말하면 안 돼요. 알겠죠?"

"무슨 말?"

"어제 회계 선생이 나한테 언니는 한번에 가는 것이 아니고 이 주일이 지나면 다시 집으로 온다며, 음양 선생이 날을 보니 스무하룻날에 분명 돌아온다고 했어요. 회계 선생은 신실한 사람이잖아요. 이전에도 그가 한 말은 틀린 적이 없었어요. 그러면서 나보고 울지 말래요. 언니가 우는 소리를 들으면 돌아오지 않을 거래요. 그리고 나보고 다른 사람에게는 말하지 말래요. 말하면 언니가 올 수 없을 거라고 했어요. 형부, 그러니 울지 말아요. 언니가 돌아와야죠."

옥보는 이 말을 듣고 더 이상 참을 수 없어 구슬프게 오열했다. 완방은 마음이 다급해져 발을 동동거리며 사람들을 불렀다. 순간 소운과 운보도 놀라 문을 밀치고 들어왔다. 이 광경을 보고 소운은 껄껄 웃었지만 운보는 미간을 찌푸렸다.

"체통을 좀 지켜!"

옥보는 최선을 다해 울음을 참으려고 했다. 담여연은 아주머니에게 세숫물을 가져오라고 했다.

“둘째 도련님, 얼굴 씻고 주무세요. 오늘은 종일 힘들었잖아요.”

그리고 모두 나갔다. 아주머니가 세숫물을 올리자 옥보는 세수를 하고 나서 다시 완방을 닦아주었다. 아주머니가 세숫대야를 가지고 나간 후 옥보는 완방의 옷을 벗겨주고 함께 침대에 올랐다. 두 사람은 머리를 맞대고 잠들었다. 처음에는 맑은 정신으로 깨어 있었지만 점점 가물가물해지더니 진소운의 인사 소리조차 듣지 못했다.

다음 날 아침, 일어나니 날이 개이고 해가 나왔다. 상쾌한 날씨가 아침을 맞이했다. 옥보는 혼자 양경빈(洋涇濱)[3]으로 가서 그 배를 찾아보려고 정자간에서 몰래 나오는데, 마침 아주머니가 그를 붙잡으며 말했다.

“큰 도련님께서 저희에게 도련님이 절대 밖으로 나가지 못하도록 지키라 하셨어요.”

완방도 쫓아 나왔다. 옥보는 나가지 못하고 방으로 돌아갔다. 오시 즈음에 운보의 기침 소리가 들려왔다. 여연은 헝클어진 머리를 하고 아주머니를 부르러 방에서 나오다 옥보와 완방을 보고 불렀다.

“이제 일어났어요. 방으로 와요.”

옥보는 완방을 데리고 앞쪽 방으로 갔다. 운보에게 인사를 하고 나서 마차를 불러야 하지 않겠냐고 물었다. 그러자 운보가 말했다.

"식사하고 나서 불러."

옥보가 요리를 주문하려고 하자 운보는 이미 준비했다고 말했다.

옥보는 침대 의자에 앉아 여연이 거울 앞에서 화장하는 것을 보았다. 여연이 완방에게 말했다.

"잔머리가 많이 삐져나왔구나. 빗을래? 아니, 내가 빗어줄게."

완방은 부끄러워하며 괜찮다고 했다. 운보가 말했다.

"왜 안 빗어? 가서 거울 봐봐, 잔머리 나왔잖아."

옥보도 옆에서 빗으라고 하니 완방은 더 움츠러들었다. 옥보가 말했다.

"익숙해졌을 텐데 그래도 부끄러워하는구나."

여연이 웃으며 말했다.

"괜찮아, 이리 와."

그녀는 완방을 끌어당겨 머리를 빗겨주며 이전에는 누가 머리를 손질해 주었는지 물었다.

"원래는 언니가 해줬는데 지금은 아무나 해줘요. 어제 아침에는 연녹색 머리 끈[4]으로 바꿔야 해서 엄마가 빗어줬어요."

운보는 이런 잡담을 나누다 혹여 옥보의 심사를 건드릴까 일부러 다른 이야기를 꺼냈다. 여연은 눈치를 채고 더 이상 많은 이야기를 하지 않았다. 옥보는 비록 멍한 얼굴로 가만히 앉아 있었지만 마음이 산란하여 잠시라도 안정되지 않았다. 이것을 운보가 어찌 모르겠는가. 마침 남자 하인이 아뢰었다.

"요리가 왔습니다."

운보가 이 층으로 올리라고 했다. 완방의 두 갈래 머리모양은 여연의 머리보다 쉬워 빨리 끝내고 같이 식사를 했다.

식사를 마친 후 옥보는 조금도 지체하지 않고 직접 가마꾼에게 일러 마차를 골목까지 불러오게 했다. 운보도 어쩔 수 없이 옥보, 완방과 함께 바로 움직였다. 마차는 서남쪽으로 내달렸다. 서가회 도로와 가까워지자 커다란 공동묘지가 보였다. 저 끝에 일고여덟 명의 일꾼들이 땀을 뻘뻘 흘리며 묘혈을 새로 파고 있었다. 그 묘혈 앞에는 벽돌들이 쌓여 있고 석탄이 깔려 있었다. 셋은 그곳이 바로 이수방의 묘임을 알고 마차에서 내렸다. 묘혈 파는 일을 감독하는 하인이 다가와서 알렸다.

"진 나리도 오셨습니다. 배에 타고 계십니다."

옥보가 돌아보니 가까운 곳에 배가 있었다. 그는 운보에게 완방을 데리고 앞서 먼저 가라고 부탁했다. 세 대의 무석(無錫)의 큰 배가 머리와 끝이 서로 연결되어 나란히 정박하고 있었다. 영구와 화상들은 제일 큰 배에, 진소운과 풍수 선생은 또 다른 배에, 그리고 이수저와 친척들은 나머지 배에 타고 있었다.

옥보는 완방을 수저에게 데려다주고 나서 운보와 같이 소운이 타고 있는 배에 올라탔다. 서로 인사를 하고 한담을 나누었다. 얼마 후 풍수 선생이 말했다.

"이제 시간이 되었습니다."

그러자 소운은 계복에게 지시를 내렸다. 먼저 그 지역 폭죽장이를 불러 속히 묘지로 보내고, 묘혈을 파고 있는 감독자에게 장례 행사를 준비하라 했다. 수저에게는 완방을 상복으로 갈아입히라 했다. 풍수 선생이 앞장서고 소운과 운보, 그리고 옥보는 그를 따라 묘지로 갔다.

얼마 후 폭죽소리가 터지자 관이 배에서 내려왔다. 화상이 '띵 띵 땅 땅' 법기를 치며 관을 이끌며 앞장섰다. 친척과 가족들은 곡을 하며 뒤따라 걸어갔다. 옥보는 그 광경을 보자 속이 울렁거렸다. 버티려고 했으나 하늘과 땅이 빙빙 돌고 눈앞이 순간 깜깜해지더니 더 이상 버티지 못하고 쓰러졌다. 소운과 운보는 깜짝 놀라서 그를 일으켜 세우며 소리를 쳤다. 수저가 더 당황하여 관은 내버려두고 달려와 사람들 틈을 비집고 들어 신에게 빌며 소란을 피웠다. 다행히 옥보가 점점 정신을 차리고 눈을 뜨자 사람들은 조금 마음을 놓았다.

풍수 선생은 왼편 서양 건물을 가리키며 외국 술집이라고 하면서 그곳에서 잠시 앉아 쉴 수 있을 거라고 했다. 수저와 운보는 그 말을 듣고 옥보를 부축하여 그곳으로 갔다. 그날은 가을 햇살이 강하게 내리쬐어 삼복더위와 다르지 않았다. 옥보는 열이 심하여 건물에 들어가자마자 옷을 벗고 열을 식히었다. 그리고 레몬수를 마셨더니 열이 완전히 내려갔다.

옥보는 운보가 복도에 나와 있는 것을 보고 그 틈에 빠져나가려고 했다. 그러나 수저가 가만히 있지 않았다. 옥보가 애원했다.

"보러 가게 해줘요. 난 괜찮으니 그만 놔줘요!"

수저는 계속해서 그를 달래었다.

"둘째 도련님, 이제 겨우 나았어요. 또 나가면 우리는 감당 못해요."

운보가 밖에서 그 소리를 듣고는 큰소리를 쳤다.

"놀라 죽는 꼴 보고 싶어서 그러냐? 좀 가만히 있어!"

옥보는 어쩌지 못하고 다시 자리로 돌아갔다. 그러나 이내 초조해져서 허리에 차고 있는 한옥(漢玉)[5]을 꺼내 들고 잘게 부술 기세로 손톱으로 긁어댔다. 수저는 부드러운 목소리로 의논하듯 말했다.

"그러면 둘째 도련님, 잠시 앉아 있어 봐요. 제가 먼저 보러 갈게요. 일이 마무리되면 계복에게 도련님을 모시고 오라고 할 테니까 그때 보는 게 더 좋잖아요?"

"그러면 빨리 가봐요."

수저는 운보에게 들어오라고 하고 옥보에게는 가만히 있으라고 하고 나갔다. 옥보는 유리창 너머로 묘지를 바라보았다. 가까운 거리여서 모두 눈에 들어왔다. 석고를 칠하여 신주를 묘지에 세우고 모든 일이 질서정연하게 진행되고 있었다. 그런데 완방이 무슨 이유에서인지 무덤 주위를 돌며 울고 있었

信斯言死
別冀生還

다. 그때 마침 계복이 들어왔다. 운보는 옥보와 함께 외국 술집을 나와 무덤으로 다시 갔다. 완방은 여전히 울고 있었다. 그러다 옥보를 보자마자 달려들며 소리쳤다.

"형부, 큰일 났어요!"

"뭐가 큰일 났다는 거냐?"

"봐요! 언니가 저 사람들 때문에 안에 갇혀버렸는데 어떻게 나와요!"

모두들 그 말을 듣고 어안이 벙벙했다. 그러나 옥보는 그 말의 뜻을 알고 있었다. 완방은 또다시 옥보를 밀치며 울면서 말했다.

"형부가 가서 말해요. 어서 문을 열라고 해요!"

옥보는 달리 위로할 수가 없어 거짓말로 사실을 숨겼다. 완방은 그의 말을 듣지 않고 갑자기 빙글빙글 돌며 묘지 위로 엎어졌다. 그리고 양손으로 석고를 칠한 석탄을 죽기 살기로 파냈다. 석고장이들도 어쩌지 못하자 수저가 나서서 끌어내렸다. 수저는 완방을 옥보에게 맡기며 말했다.

"다 끝났으니 도련님은 먼저 돌아가세요. 여기는 우리가 있을게요."

옥보는 이 황량한 들판에서 할 일이 없다고 생각되어 바로 운보를 따라 나란히 마차에 올라 앉고, 완방을 그 사이에 앉혔다. 사마로 서공화리로 돌아가는 내내 완방은 그들을 난처하게 했다. 담여연의 집에 이르자 이 층에서 사람들 소리가 들렸다. 운보는 남자 하인에게 무슨 일이냐고 물었다. 윤치원이 직접 장수영을 데려다주러 왔으며 고아백과 요문군도 함께 있다는 것이었다. 운보는 아주 기뻐하며 옥보와 완방을 데리고 이층으로 올라갔다. 먼저 담여연의 방으로 가서 잠시 앉았다가 장수영의 방으로 건너갔다. (5권에 계속)

---

1 촉등(矗燈) : 발이 높은 초롱불

2 버드나무 가지나 석류나무 가지로 깨끗한 물을 적셔 뿌리는 의식으로, 세정(洒淨)이라고 한다. 그 목적은 장소를 깨끗하게 하는 것일 뿐 아니라, 원혼 중생들이 불법의 보호를 받을 수 있게 하는 것에 있다.

3 양경빈은 원래 상해의 하천이었다. 공공 조계와 프랑스 조계 사이에 흘렀는데, 복개하여 도로로 만들었다. 지금의 연안동로(延安東路)이다.

4 중국에서 흰색과 파란색은 애도의 색을 의미한다. 일상에서는 일반적으로 여자들은 붉은 털실로 머리를 묶는다.[장]

5 한대(漢代)의 옥(玉)을 의미하며, 한대로부터 전해져오는 옥기, 옥장식 등을 가리키기도 한다.

지은이 **한방경(韓邦慶, 1856~1894)**

송강부 누현(松江府 婁縣, 지금의 상하이)에서 출생하였으며, 부친 한종문(韓宗文, 1819~?)이 형부주사(刑部主事) 직책을 맡게 되어 유년 시절을 베이징에서 보냈다. 1876년 전후 고향 누현으로 돌아와 수재(秀才)가 되었으나, 이후 1885년 난징 향시에 낙방하였다. 1887년부터 1890년까지 『신보』에서 편집자 및 논설 기고자로 생활하였다. 1891년 베이징 향시에 낙방한 후 다시 상하이로 돌아와 1892년 2월에 중국 최초 문예 잡지 『해상기서』를 간행하여 『해상화열전』을 연재하였다. 1894년 초봄 64회 석인본 『해상화열전』을 출판한 후 오래지 않아 병을 얻어 39세의 나이로 세상을 떠났다.

옮긴이 **김영옥**

부산대학교 중어중문학과에서 「『해상화열전』 연구」로 박사학위를 취득하였다. 인제대, 동의대, 동아대학교 등에서 시간강사를 역임하였으며, 현재 부산대학교 중어중문학과 조교로 재직하고 있다. 논문으로 「영화 〈해상화〉와 소설 『해상화열전』의 서사구조 비교」, 「한방경 단편소설의 근대적 불교서사 탐색-「환희불」을 중심으로」 등이 있다.

:: 산지니 · 해피북미디어가 펴낸 큰글씨책 ::

문학

해상화열전(전6권) 한방경 지음 · 김영옥 옮김
유산(전2권) 박정선 장편소설
신불산(전2권) 안재성 지음
나의 아버지 박판수(전2권) 안재성 지음
나는 장성택입니다(전2권) 정광모 소설집
우리들, 킴(전2권) 황은덕 소설집
거기서, 도란도란(전2권) 이상섭 팩션집
*2018 이주홍문학상 선정도서

폭식광대 권리 소설집
생각하는 사람들(전2권) 정영선 장편소설
삼겹살(전2권) 정형남 장편소설
1980(전2권) 노재열 장편소설
물의 시간(전2권) 정영선 장편소설
나는 나(전2권) 가네코 후미코 옥중수기
토스쿠(전2권) 정광모 장편소설
*2016 세종도서 문학나눔 선정도서

가을의 유머 박정선 장편소설
붉은 등, 닫힌 문, 출구 없음(전2권)
김비 장편소설

편지 정태규 창작집
*2015 세종도서 문학나눔 선정도서

진경산수 정형남 소설집
노루똥 정형남 소설집
유마도(전2권) 강남주 장편소설
*2018 대한출판문화협회 청소년도서

레드 아일랜드(전2권) 김유철 장편소설
화염의 탑(전2권)
후루카와 가오루 지음 | 조정민 옮김

감꽃 떨어질 때(전2권) 정형남 장편소설
*2014 세종도서 문학나눔 선정도서

칼춤(전2권) 김춘복 장편소설

목화-소설 문익점(전2권) 표성흠 장편소설
*2014 세종도서 문학나눔 선정도서

번개와 천둥(전2권) 이규정 장편소설
*2015 부산문화재단 우수도서

밤의 눈(전2권) 조갑상 장편소설
*제28회 만해문학상 수상작

사할린(전5권) 이규정 현장취재 장편소설
테하차피의 달 조갑상 소설집
*2011 이주홍문학상 수상도서

무위능력 김종목 시조집
*2016 부산문화재단 올해의 문학 선정도서

금정산을 보냈다 최영철 시집
*2015 원북원부산 선정도서

인문

효 사상과 불교 도웅스님 지음
지역에서 행복하게 출판하기 강수걸 외 지음
재미있는 사찰이야기 한정갑 지음
귀농, 참 좋다 장병윤 지음
당당한 안녕-죽음을 배우다 이기숙 지음
모녀5세대 이기숙 지음
한 권으로 읽는 중국문화
공봉진 · 이강인 · 조윤경 지음
*2010 문화체육관광부 우수학술도서

차의 책 The Book of Tea
오카쿠라 텐신 지음 | 정천구 옮김

불교(佛敎)와 마음 황정원 지음
논어, 그 일상의 정치(전5권) 정천구 지음
중용, 어울림의 길(전3권) 정천구 지음
맹자, 시대를 찌르다(전5권) 정천구 지음
한비자, 난세의 통치학(전5권) 정천구 지음
대학, 정치를 배우다(전4권) 정천구 지음